www.mayabook.co.kr

www.mayabook.co.kr

# 퍼펙트 마이스터

# 퍼펙트 마이스터 ❸

**지은이** | 서야
**펴낸이** | 권순남
**펴낸곳** | (주)마야·마루출판사

**등록** | 2008. 1. 7(제310-2008-00001호)

**초판 인쇄** | 2016. 4. 11
**초판 발행** | 2016. 4. 13

**주소** | 서울시 노원구 상계 1동 1049-25 신영산업 BD 602호
**대표전화** | 02-2091-0291
**팩스** | 02-2091-0290
**이메일** | marubooks@hanmail.net

**ISBN** | 978-89-280-6918-7(세트) / 978-89-280-6939-2
**정가** | 8,000원

잘못된 책은 교환하여 드립니다.
저자와 협의하여 인지를 붙이지 않습니다.

「이 도서의 국립중앙도서관 출판시도서목록(CIP)은 서지정보유통지원시스템 홈페이지(http://seoji.nl.go.kr)와 국가자료공동목록시스템(http://www.nl.go.kr/kolisnet)에서 이용하실 수 있습니다.」
(CIP제어번호:CIP2016008932)

# 퍼펙트 마이스터

MAYA & MARU MODERN FANTASY STORY
서야 현대 판타지 장편소설

③

✽ 목 차 ✽

제1장. 마법, 그리고 청와대의 호출 …007

제2장. 청와대의 그물 …045

제3장. 악연과 인연 사이 …081

제4장. 황금여명회와 임무 …115

제5장. 신기하거나 이상하거나 …147

제6장. 중동 (1) …179

제7장. 중동 (2), 그리고 카타나 산 …209

제8장. 카타나 산 …239

제9장. 재회 …271

제1장

마법, 그리고 청와대의 호출

사방은 온통 안개로 둘러싸여 한 치 앞을 제대로 보기도 어려웠다.
그 뿌연 안개 사이로 두 명의 사내가 서 있는 것이 보였다.
그들의 얼굴은 보이지 않았다.
그런데 어찌 된 일인지.
그들의 감정이 고스란히 느껴졌다.
비장하다. 슬프다. 괴롭다…….
두 사람의 침묵은 곧 깨졌다.
두 사람 중 젊은 사내가 무언가를 호소하듯이 말했다.
하지만 다른 사내의 고개가 단호하게 흔들려지는 것이 느껴졌다.
아니, 젊은 사내의 호소마저도 구슬픔처럼 들려왔다.
이미 두 사람은 이 시간의 끝을 알고 있었다.

마법, 그리고 청와대의 호출

아니, 그리 느껴졌다.

저들이 아닐진대.

어찌 그 감정 하나하나 세세하게 느껴지는지.

심한 안개에 가려 저들의 얼굴조차 보이지 않건만.

사르르륵.

안개가 언제 존재했냐는 듯이 사라졌다.

그리고 두 사내의 모습이 아닌, 갑옷을 입고 기다란 창을 앞세우고 있는 일단의 병사 무리들이 눈에 들어왔다.

그 병사들의 가운데에는 두 사람 중 고개를 저었던 사내가 질질 그들에게 끌려가고 있었다.

젊은 사내의 모습은 그곳에서 보이지 않았다.

하지만 이내 나는 젊은 사내의 모습을 발견할 수 있었다. 그가 서 있는 곳이 어딘지 역시 모르겠지만.

그는 무기력한 모습으로 서 있었다.

잠시 후, 그가 처절한 표정으로 절규하듯이 중얼거렸다.

"이부캔 반드시 저지하고 말겠다!"


뚝.

꿈은 여기서 끝났다.

휙익.

김춘추는 거실의 커다란 창문에 매달려 있는 금색 빛의 두꺼운 커튼을 힘껏 한쪽으로 젖혔다.

그러자 햇빛이 여태껏 참고 있었다는 듯이 눈부시게 자태를 드러냈다.

그는 자신도 모르게 햇살의 공습에 한쪽 눈을 찡그렸다. 시간이 어느새 이토록 흘렀다니.

참으로 오랜만에 꿈을 꾸었다.

한꺼번에 사업과 투자를 다각도로 펼치느라 제대로 잠 못 자는 나날이 최근에 부지기수였기 때문이다.

하지만 그보다는, 그는 거의 꿈을 꾸지 않는다.

하루에 2-3시간 자는 것이 고작인 그였다.

그러다 보니 꿈이란 것이 그를 차지할 시간이 없었다.

물론 사람이니 꿈을 꾸겠지.

다만 이토록 그를 흥분케 하는, 그리고 놀랄 만큼 소름 끼치게 하는 꿈을 꾸어 본 적이 없었다.

그토록 수없는 환생을 했건만.

'이부칸……'

낯설지 않은, 아니 그의 가슴 깊은 곳에서 그 이름 하나에 부글부글 끓어오르는 기포가 생기고 있었다.

그럼에도 꿈의 기억은 점점 그의 머릿속에서 희미해져 갔다.

욱신.

'이부칸'이란 이름 하나에 그의 기포가 폭폭 터지면서 가슴에 통증을 안겨 주었다.

'참으로 이상하군.'

김춘추는 이 알 수 없는 현상에 잠시 생각에 잠겼다.

'도대체 이부칸이란 작자가 누구란 말인가.'

그런 생각에 미치자 자신도 모르게 고개를 흔들었다.

한낱 꿈이다.

자신뿐 아니라 누구든지 이런 특이하고 특별한 꿈을 꿀 수 있다고 그는 생각했다.

이부칸이란 이름도… 그저 꿈속에서 나열되는 의미 없는 이름일 뿐.

'그래 봐야 꿈일 뿐.'

그는 고개를 저었다.

하지만 그의 가슴은 여전히 기포를 터트리고 있었다.

"휴우~"

김춘추는 잠시 호흡을 고르면서 거실 한가운데 커다란 아라비아풍의 양탄자가 놓여 있는 곳에 앉았다.

포갠 두 다리 위에 양손을 각각 얹고 눈을 지그시 감았다.

기다랗고 까만 그의 속눈썹이 파르르 떨렸다.

'리디아 황녀……'

김춘추는 어제 있었던 일을 떠올리면서 생각을 다시 한번 정리했다.

이것은 그의 버릇이기도 했다.

새벽에 일어나면 그는 전날 있었던 일을 전부 다시 훑어

보고 자신의 생각을 다시 한 번 점검하는 버릇이 있었다.

'그녀가 거짓말을 한다는 정황은 없지.'

김춘추는 아랫입술을 살짝 깨물었다.

그녀의 이야기는 정말 그럴듯했다.

아니, 그럴 수 있다고 생각했다.

아니, 그렇다.

그의 생각은 점점 리디아 황녀의 말이 사실임이 틀림없다고 알려 오고 있었다.

하지만 그녀의 말이 사실이라는 것은 이 세계에서는 용납되지 않는다.

어떻게 그럴 수가 있단 말인가.

이것은 말도 안 되는 일이었다.

하지만 그는 오랜 버릇상 무엇이든지 속단 내리지 않았다.

돌다리도 두드리고 가라는 말이 있지.

'확실히 그녀의 몸에서 나오는 기는 여기 사람들과는 다르다.'

김춘추는 쓴 미소를 지었다.

그가 리디아 황녀의 말이 사실일지도 모른다는, 사실이라고 판단을 내리고 있는 것에는 이런 까닭이 있었다.

단지 그녀의 말이 그럴듯해서, 흠잡을 데 없다고 해서 믿는 것은 아니었다.

여태껏, 그녀 같은 사람을 본 적이 없었다.

하지만 이것도 그가 모르는 초월적인 고수가 이 지구상에 존재할 수 있다는 가정을 해야 했다.

무턱대고 그녀의 말을 믿었다가는 완전히 농락당하고 말 것이었다.

'누가? 왜?'라는 의문은 남지만…….

그녀의 말이 사실이다, 라는 것과 그녀의 말은 또 다른 함정에 지나지 않는다, 라는 두 가지 가설, 모두 마음에 들지 않았다.

게다가 어젯밤에 꾼 꿈 때문에 모든 것이 찝찝했다.

'그자를 찾아 주어야 하나.'

김춘추는 리디아 황녀가 언급한, '그자'에 대해서 전혀 아는 게 없었다.

그녀는 '그자'를 찾기 위해서 지구에 왔다고 했다.

하지만 '그자'에 대한 단서는 너무도 터무니없었고 형편없었다.

단지, 지구와 판테온이라는 두 세계를 오고 간 자로서, 판테온 세계를 호령했다는 것뿐.

그 하나만으로도 의문스러운 것투성이였다.

그런 자가 지구에 와서 조용했다?

자신의 존재를 숨기고 조용히 살았을까?

움찔.

김춘추의 등에서 식은땀이 순간 솟았다.

수정구가 생각났기 때문이다.

수정구가 보여 준 절묘한 기의 적출 방식.

이하얀의 예만 봐도 그렇다.

그녀가 갖고 있는 가장 뛰어난 암기의 능력만을 뇌에서 뽑아내어 수정구에 집어넣었다.

이런 것을 사람이 할 수 있는지 없는지의 여부는 따질 필요조차 없었다.

현존하는 과학으로 가능성이 없다고 해도 이미 그런 사례가 생겨 버렸다.

과학자들이라도 믿을 수 없는 일.

그 믿을 수 없는 일을 해낸 미지의 세력이 있다.

그들의 의도가 어떻건 간에 그들의 방법은 옳지 않았다.

아니, 아주 악의적이었다.

무방비한 사람을 상대로 그런 일을 행하다니.

그런 자들이 지구 곳곳 어디선가에서 이런 일을 계속 자행한다면?

그들이 이하얀의 수정구를 빼앗겼다고 해서 과연 멈출 것인가.

절대 아니다.

김춘추는 본능적으로 그들이 악의적인 조직이라고 느끼고 있었다.

만약 그 조직의 우두머리가 '그자'라면?

아니다.

김춘추는 자신도 모르게 고개를 흔들었다.

리디아 황녀를 절대적으로 믿을 수는 없지만 그녀의 말대로라면 '그자'는 그 조직처럼 굳이 그런 수고를 할 필요조차 없는 자였다.

가장 현실적인 것은 '그자'의 능력이 어떤 방식으로든 간에 그 조직에게 전해졌을 수 있다.

순간 김춘추의 얼굴이 자신도 모르게 구겨졌다.

나만 건드리지 않으면 돼.

그런 그의 사고관이 과연 위협받지 않을 수 있을까?

'제길, 이번 생은 제대로 살아 보자 했더니.'

번쩍.

김춘추의 두 눈이 순간 자신도 모르게 떠졌다.

그의 눈빛이 이글이글 타오르고 있었다.

미지의 그 무엇에 대한, 짜릿함이 그의 온몸을 휩쓸고 있었다.

적이든 적이 아니든……

그는 자신도 모르게 온몸에 퍼지는 전율을 즐기고 있었다.

그때, 방문이 열리면서 소란스러운 소리가 났다.

우다당당!

쾅탕!

그러고는 익숙한 목소리가 들렸다.

"여어! 조카, 일어났어?"

김한기는 뭐가 그리 즐거운지 비실비실 웃으면서 거실로 나왔다.

김춘추는 그를 바라보았다.

방금 자신의 방문을 열면서 넘어졌는지, 열린 방문 사이로 탁자가 바닥에 널브러져 있는 것이 보였다.

어디 그것뿐인가.

최근 김한기는 인간의 몸에 들어와 음식의 맛을 알아 버렸다.

그 탓에 그의 몸은 순식간에 비대해지고 있었다.

그리고 그는 나신의 상태로 남자의 그것을 가리지도 않고 거리낌 없이 서 있었다.

"옷 좀 입어."

김춘추가 말했다.

"답답해."

김한기가 고개를 저었다.

"먹는 건 괜찮고?"

"먹는 건 좋아."

"휴우……."

김춘추가 어쩔 도리가 없다는 듯이 고개를 저었다.

"인간들은 어떻게 답답한 옷을 입고 사냐?"
"천계 사람들은 전부 벌거벗고 사나 보지?"
김춘추가 비꼬듯이 말했다.
"아니지. 인간들의 옷과는 다르거든."
김한기가 자랑스럽다는 듯이 말했다.
"……."
"천계의 옷은 마치 내 몸과 같은 기분이 들거든."
"좋으시겠어요."
김춘추가 김한기의 말에 장난스럽게 비꼬듯이 말했다.
"좋지. 그런데 이런 허접한 인간의 옷을 입어야 한다니. 어이구, 내 신세야."
김한기가 한탄스러운 듯이 말했다.
"그 대신 음식은 여기가 좋다면서?"
"아, 그건 그렇지."
김한기가 입맛을 다시면서 고개를 끄덕였다.
"여하튼 2층에 있을 때도 옷은 입어."
김춘추가 단호하게 말했다.
"우리 둘이잖아?"
김한기가 항명하듯이 말했다.
"그 대신 네 방에서 잘 때는 네 맘대로 해. 하지만 거실에 나오는 순간부터는 옷을 입어."
김춘추가 크게 봐주었다는 식으로 말했다.

"싫다. 여기에서만이라도 옷 벗게 해……."

김한기가 찡얼대듯이 말했다.

하지만 그의 말은 곧 김춘추의 말에 가로막혔다.

"예화가 올라온다. 어서 들어가 옷 입어."

"어… 어… 알았어."

김한기는 고개를 떨구고는 자기 방으로 향했다.

그때, 2층 현관문이 열리면서 이예화의 얼굴이 쏘옥 내밀어졌다.

그녀의 눈에는 순간, 자신의 방을 들어서려는 김한기의 뒷모습, 커다란 엉덩이가 보였다.

"으아아아앙!"

이예화는 날카로운 비명을 질렀다.

하지만 그녀의 악몽은 거기서 끝나지 않았다.

휘익.

이예화의 비명에 김한기가 그대로 몸을 돌려서 현관문 쪽을 보았다.

"꺄아아아악!"

후다다닥.

이예화는 순간 얼굴이 벌겋게 되어 비명을 지르면서 아래층으로 향하는 계단을 뛰어 내려갔다.

"쟤 왜 저래?"

김한기가 시큰둥한 모습으로 말했다.

그로서는 이예화의 반응이 되레 못마땅했다.

휴우…….

김춘추는 자신도 모르게 한숨을 쉬었다.

틀림없이 이예화는 자신에게 잔소리를 퍼부으리라.

생각만 해도 머리가 지끈지끈 아파 왔다.

이예화란 존재는 김춘추에게 그런 존재였다.

가만 놔두면 그의 삶 속에 들어와 당연하다는 듯이 한 부분이 되어 버리는 존재.

밀어내면 밀어낼수록 더욱 들어오려고 안간힘을 쓰는 존재. 그 모습을 또 지켜보자니 안쓰럽기도 하고.

그러다 보니 어느새 그의 일상생활에 자연스럽게 들어와 버린 존재이기도 했다.

게다가 그녀의 잔소리는 정말 참아 낼 수가 없을 정도였다. 할머니 박애자조차 하지 않는 잔소리를 이예화가 대신 몇 배로 했다.

'예화에게 단단히 잔소리 듣겠군.'

"됐다."

김춘추가 못 말리겠다는 표정으로 말했다.

"내가 잘못했냐?"

"그러니깐 옷 입으라고."

"쳇! 그놈의 옷, 옷, 옷……. 그리고 예화 저 기지배는 왜 그리 호들갑이냐? 지네들은 나랑 별 차이도 없으면서."

"남자와 여자는 몸이 다르지."

"나도 안다고. 이래 봬도 천계에서 한가락 하시던 몸인데 그런 것을 모르겠냐."

"아는 분이 그러셨어요? 방금 19세 꽃처녀의 환상을 일그러뜨려 주셨거든요."

김춘추가 놀리듯이 말했다.

"이예화가 뭔 꽃처녀야, 저건 얼굴만 번드르르하지, 속은 아주 사납던데."

"어쨌든 이제 19살 여자라고. 내려가면 사과해."

"사과는 개뿔."

"방금 예화가 아주 사납다며?"

김춘추가 빙그레 웃으면서 말했다.

"어, 그렇지."

"그런 인간에게 너, 찍혀 본 적 없지?"

김춘추가 피식 웃었다.

물론 이예화가 아주 독한 그런 종류의 인간이라는 것은 절대 아니다.

김한기를 단지 골리고 싶었을 뿐.

이예화에 대한 동정심이 있는 것은 아니지만.

어쨌거나 소녀의 환상을 깨 버린 김한기는 사과를 해야 한다.

물론 그 몇 배나 되는 잔소리를 김춘추가 대신 들을 게 뻔하고 말이다.

"쳇, 칫……."

김한기는 투덜거리면서 옷을 입으러 자신의 방에 들어갔다.

그 모습을 보면서 김춘추는 한숨을 쉬었다.

신 김춘추, 티페우리우스 엘 칸에게 인간의 몸을 주선했을 때는 그와 같이 살아야 한다는 것쯤은 각오하고 있었다.

그런데 막상 닥치니 여간 손 가는 일이 생기는 것은 어쩔 수가 없었다.

게다가…….

"내려가자."

김춘추는 고개를 설레설레 흔들면서 말했다.


"흥!"

이예화가 김춘추와 김한기를 보곤 콧방귀를 뀌면서 자기 방으로 향했다.

"저런, 놀랐나 보네."

김한기는 그런 이예화를 보면서 위로한답시고 한마디 했다.

쉬익.

퍽.

순간 이예화가 방을 들어가다 말고 몸을 돌려 김한기를 향해서 발차기를 날렸다.

쿠당당!

너무도 갑작스런 일인지라.

김한기는 저항 한 번 못해 보고 그대로 거실 바닥에 드러누웠다.

"이년이……!"

김한기가 이예화를 보면서 소리쳤다.

"또 한 번 좀 전의 일을 거론하면 가만 안 둘 거야."

"……."

이예화의 표독스러운 말에 김한기가 뻘쭘한 표정으로 자리에서 일어났다.

사실 이예화의 발차기가 아프면 얼마나 아프겠는가.

손목이 살짝 삐걱댄 정도로 아침의 일이 무마되는 거라면 상관없었다.

김춘추의 말에 따르면 소녀들은 남자의 몸에 대한 환상이 있다고 한다.

그 환상을 하루아침에 깬 대역 죄인으로서 이 정도는 치러야 할 대가라고 그랬으니.

-잘했어.

김한기의 머릿속으로 김춘추의 말이 들려왔다.

'호호호호. 이만하면 됐지?'

김한기가 말했다.

기본적으로 두 사람은 여전히 텔레파시가 통한다.

신 김춘추의 의식은 여전히 존재하니깐.

당연한 일이었다.

어쨌거나 김한기가 김춘추에게 한쪽 눈을 찡긋했다.

김춘추는 이예화가 볼세라 고개를 살짝 돌리면서 미소를 지었다.

그래도 김한기가 아주 눈치가 없는 것은 아니었다. 제법 쇼도 할 줄 알고.

김춘추는 내심 안도의 한숨을 쉬었다.

이것으로 이예화의 잔소리에서 벗어날 수 있었다.

아무래도 남자의 몸을 봐 버렸으니…

이런 종류의 대화를 계속 거론한다는 것은 이예화에게도 쉽지 않은 일이었나 보다.

'천하의 이예화도 이런 면에서 수줍어하는군.'

김춘추는 방금 이예화의 행동을 떠올리고는 혼자 피식 웃었다.

"괜찮으세요?"

방 안에 있던 리디아 황녀가 거실의 소란스러움에 나타났다.

"좀 아프네."

김한기는 여전히 엄살을 부렸다.

리디아 황녀의 옆에 이예화가 양쪽 허리에 손을 올리고는 그를 노려보고 있었다.

"어쩌다가……."

리디아 황녀가 김한기와 김춘추를 번갈아 바라보면서 물었다.

"그냥 미끄러졌소."

김한기가 별거 아니란 식으로 대답했다.

"손목을 삐신 것 같은데."

"뭐, 이 정도야."

김한기가 이예화의 눈치를 보면서 말했다.

그제야 이예화도 자신이 과했다고 생각했는지 살짝 미안한 표정을 보였다.

"조심하셔야죠."

리디아 황녀는 그렇게 말하고는 김한기 쪽으로 다가왔다.

그리고는 자그맣게 뭐라 뭐라 하면서 자신의 손바닥을 김한기의 손목에 갖다 대었다.

그러자 그의 손목 주변에 초록색의 반짝이는 빛이 일렁거렸다.

"어… 어… 어……?"

순간 김한기가 갸웃거리다가 이내 소리쳤다.

"이게 뭔 재주여? 손목이 나아 버렸네."

"……."

마법, 그리고 청와대의 호출

김한기의 말에 일순 김춘추와 이예화의 시선이 쏠렸다.

리디아 황녀가 조심스럽게 고개를 들고 김춘추를 바라보았다.

순간 두 사람의 눈빛이 허공에서 얽혔다.

파파파팟.

김춘추는 그 순간 속으로 살짝 놀랐다.

마냥 연약하고 조신해 보이는 리디아 황녀가 외모와는 전혀 다르게 강력한 기운을 운용하고 있었기 때문이다.

어제하고는 또 다른 느낌이었다.

그 기운이라는 것 역시, 그가 아는 기라는 것과는 같은 듯하면서도 전혀 다른 성질이 있었다.

'신기한 현상이군.'

김춘추는 속으로 생각했다.

"마법이라는 거예요."

리디아 황녀가 김춘추의 의문을 곧바로 풀어 주었다.

김춘추는 대답 대신 고개를 끄덕였다.

마법.

모르는 단어는 아니었다.

하지만 그것이 실존하는 것은 전혀 별개의 문제였다.

"전 마법사예요. 물론 나이도 있고, 아직 마법 서클이 4개밖에 없지만."

"마법으로 그 사람을 찾는 게 빠르지 않겠습니까?"

김춘추가 침착한 어조로 물었다.

"방금 전, 이 치유의 마법이 현재 제가 할 수 있는 전부예요."

"그건 무슨 소리죠?"

이예화가 옆에서 불쑥 질문했다.

"이곳에 오느라 거의 모든 마나를 다 썼어요. 물론 제 마나만으로 이곳에 온 것도 아니지만. 어쨌거나 이곳은 판테온과 달라요. 마나가 아주 희박하네요."

"……."

김춘추의 이맛살이 순간 찡그려졌다.

그녀의 의도를 이해했기 때문이다.

"또다시 마나를 모으는 데는 시간이 걸릴 것 같아요."

"그러면 왜 쓸데없이 그 마나라는 것을 낭비했죠?"

이예화가 앙칼지게 물었다.

순간 김한기가 자신의 손목을 바라보았다.

사실 이예화의 말이 아주 틀린 것도 아니었다.

손목 조금 삐끗한 거야 금방 나을 테니 굳이 마법을 쓸 필요가 있는가.

자랑질을 할 것도 아니고.

이예화의 눈이 표독스럽게 올라갔다.

"제 자신을 증명해야 했어요."

리디아 황녀가 그렇게 말하고는 자신을 바라보는 세 사

람을 바라보았다.

"지금 이 순간이 자신의 전부를 올인하고 증명할 가치가 있다고 여기는 거겠지."

김춘추가 리디아 황녀 대신 설명했다.

"그러면 제가 당분간 이곳에 신세를 져도 될까요?"

리디아 황녀가 기다렸다는 듯이 방긋 웃으면서 말했다.

그녀의 말에 김한기가 너털웃음을 터트리면서 대답했다.

"춘추야, 넌 졌다. 또 한 명의 여우가 이 집에 들어섰구나."

"음……."

김한기의 말에 김춘추가 신음 소리를 냈다.

어젯밤에 리디아 황녀가 어쩔 수 없이 이곳에 머물렀다.

그 바람에, 이예화까지 쳐들어 와서 방을 차지했다.

5년 전에도 이런 적이 있었지.

하지만 이렇게 쉽게 내 것을 제공할 수야 없지.

"그냥은 곤란하죠."

김춘추가 생각을 정리했는지 씨익 웃으면서 말했다.

"아……."

리디아 황녀가 작은 탄식 소리를 냈다.

"마법."

"마법."

동시에 두 사람은 한 단어를 내뱉었다.

✧ ✧ ✧

김춘추는 지금 실소를 터트리고 있었다.

그 옆에는 할머니 박애자가 걱정스러운 듯한 눈빛을 띠고 계셨다.

"도대체 그 안에 뭐라고 씌어 있는 거니?"

방금 전 일이었다.

며칠 기도를 다녀왔던 박애자는 집 앞에서 우편 배달국 청년을 만났다.

그는 김춘추에게 줄 편지 봉투 하나를 내밀었다.

발신인은 병무청.

박애자는 깜짝 놀랐다.

청년도 안됐다는 표정을 지어 보였다. 틀림없이 군 소집일 거라고 했다.

"'면제'라고 씌어 있네요. 제가 태어났을 때부터 청소년기까지 장애인이어서 군 소집에는 부적합하다고 하네요. 병무청장님이 그리 써 놓으셨으니 맞는 거겠죠."

"아……"

박애자의 얼굴에 기쁨의 빛이 떠올랐다. 그녀는 천만다행이라면서 웃으면서 말했다.

"정말 다행이지 뭐니. 어렸을 때 그토록 애태우던 것이 도리어 홍복으로 돌아왔구나."

"할머니가 좋아하시니 그걸로 된 거죠."

김춘추는 그렇게 말하고는 살짝 어색한 미소를 지었다.

하지만 그의 머리는 이미 이 상황을 판단하기 위해서 결론을 내놓고 있었다.

그는 이제 고작 19살이었다. 한국 나이로.

신검조차 받지 않은 나이다.

그런데 뜬금없이 면제라니.

면제 신청을 한 것도 아니고.

그렇다면 뻔하다.

청와대.

틀림없이 청와대에서 지시를 내린 게 뻔했다.

이것은 두 가지 의미를 가지고 있었다.

하나는 자신을 잘 따르면 이와 같은 혜택은 얼마든지 줄 수 있다는 의미였다.

그리고 또 하나는 '너에 대한 조사가 이미 끝났다' 것을 의미했다.

'멍청한 사람은 아니네.'

김춘추의 한쪽 입꼬리가 올라섰다.

그는 절대로 전세환의 꼬리가 될 마음이 없었다.

아니, 그의 머리를 내놓아도 받을 마음이 전혀 없었다.

'시간은 우리 편이 되겠지만……. 흠, 재밌게 됐군.'

김춘추는 서둘러 1층으로 내려가는 할머니에게 말했다.

"참, 예화가 돌아왔어요."

"어머나, 웬일로 네가 허락했냐?"

박애자의 얼굴이 활짝 피었다.

5년 전, 이예화는 그녀와 같이 지냈기 때문이다.

하지만 김춘추가 돌아오고 나서 다 큰 처녀, 총각들이 한 집에 사는 것은 좋지 못하다는 이유로 그녀를 자신의 집에 돌려보낸 것이었다.

"혹이 하나 더 딸렸거든요."

김춘추는 그렇게 말하고는 씨익 웃었다.

"혹?"

"자세한 것은 예화에게 물어보세요."

"너 그렇게 웃지 마라. 겁난다."

박애자는 손주 김춘추에게 그렇게 말하면서도 한편으로는 심호흡을 크게 한 번 했다.

혹이 딸렸다니.

이예화까지 집에 들였다니.

김춘추가 말은 그리해도 보통 일은 아닐 것이다.

자신의 손주를 잘 아는 박애자로서는 지금 손주를 중심으로 무언가가 급변하게 돌아가고 있다는 것을 느낄 수가 있었다.

'부디 신께서 우리 춘추를 보살피소서.'

박애자는 진심으로 빌고 빌면서 아래층으로 향했다.

김춘추는 계단을 내려가는 할머니의 뒷모습을 거실 창문을 통해서 물끄러미 바라보았다.

"뭐하냐?"

김한기가 한 손으로는 코를 후비적 파면서 다른 한 손에는 튀밥이 가득 담긴 바가지를 들고 등장했다.

"어, 이제 준비해야지."

김춘추가 말했다.

"뭘 준비해? 나이지리아에서 돌아온 지 겨우 이틀쨰데. 오늘까지 쉬기로 한 거 아니야?"

"누가 부를 것 같아서."

김춘추가 씨익 웃었다.

와그작. 와그작.

김한기는 바구니에 가득 담긴 튀밥을 연신 집어 먹으면서 물어보았다.

"누가?"

"있어."

김춘추가 그렇게 대답하는 찰나에 전화벨이 울렸다.

따르르릉. 따르르릉.

김춘추는 재빨리 수화기를 받아 들었다.

그러고서는 머리를 끄덕였다.

찰각.

통화는 금방 끝났다.

"뭔데?"

김한기가 호기심 어린 눈빛으로 물었다.

"청와대 호출."

김춘추는 이미 알고 있었던 것처럼 서둘러 욕실로 향했다.

"제길. 쉬지도 못해."

김한기가 투덜거리면서 김춘추가 향한 욕실에 따라 들어가려고 했다.

"삼촌은 오늘 아가씨들과 백화점이나 가세요."

김춘추가 재빨리 대꾸했다.

"백화점? 그, 그래도 돼?"

김한기는 예상 밖의 대답에 신이 나서 입이 쩌억 벌어졌다.

그러고는 이 소식을 전하기 위해서 튀밥 바가지를 든 채로 1층으로 향했다.

"김춘추입니다."

"네, 잠시만 기다리세요."

청와대 접견실 앞, 여직원이 상냥하게 데스크에 서 있었다.

그녀는 곧 미리 준비한 명찰을 찾다가 잠시 흠칫거렸다.

"문제 있나요?"

김춘추가 여직원의 표정을 눈치채고는 물었다.

"같은 이름이 두 개 있네요? 신분 확인은 이미 입구와 현관에서 끝나셨을 텐데……."

여직원은 난처하다는 듯이 물었다.

"명찰에는 무어라 되어 있습니까?"

"대한테크윈 김춘추와 다운스트림 김춘추가 있어요."

"둘 다 주십시오."

"둘 다요?"

여직원이 다소 황당하다는 표정을 지었다.

"아무래도 어떤 분이 둘 다를 원하실 것 같군요."

김춘추는 여직원에게 안심하라는 미소를 살짝 지어 주었다.

청와대 소속이니만큼 한 치의 실수도 용납되는 곳이 아니기에 여직원은 가만히 고개를 끄덕이면서 명찰들을 내주었다.

'제길, 계속 협박 중이군. 다운스트림까지 알고 있다니.'

김춘추의 이맛살이 찌푸려졌다.

그가 현재 추진하고 있는 사업은 5개다.

대한테크원, 다운스트림, 대한장학재단과 대한투자벤처, 그리고 대한공문수학.

이 중에서 현재 가장 큰 비중을 두고 있는 것이 대한테크원과 다운스트림이었다.

대한테크원의 경우 김한기가 대표로 등재되어 있다고는 하나 지분을 추적해 보면 김춘추의 이름을 찾아내는 것은 쉽다.

하지만 다운스트림의 경우는 다르다.

회사 자체가 해외에 존재하고 그의 지분은 사우디아라비아의 왕가에서 내준 특별 시민권자의 이름으로 적혀 있었다.

그런 다운스트림의 최대 주주로 김춘추를 찾아내는 것은 쉽지 않다.

물론 상대가 마음먹고 조사한다면 알아낼 수야 있겠지. 타깃이 명확하게 정해져 있으니.

'호텔에서 잠깐 스친 젊은이 하나를 이렇게까지 조사해 오다니.'

김춘추는 전세환의 뚝심에 혀를 내둘렀다.

그의 주변에 충성을 맹세한 사람들이 많다는 것이 이해되었다.

하지만 어디까지나 그는 그이다.

'걸어오는 싸움을 피하면 예의가 아니지.'

김춘추의 눈빛이 예리하게 빛났다.

그는 여직원이 안내하는 알현실의 대기실 쪽으로 향했다.

약 30분 뒤에 대통령과 알현이 있다고 했다.

문이 열리고.

김춘추는 자신의 예상대로 여러 사람들이 대기하고 있는 것을 확인했다.

이들 역시 대통령의 소집으로 모인 사람들이었다.

'이들은 사전에 연락 받았겠지.'

김춘추는 대기실에 서 있거나 앉아 있는 사람들의 얼굴을 일일이 확인했다.

그중에는 오성의 이희철, 미래의 정한영까지 있었다.

이들이 누군가.

대한민국 최고의 재벌, 그리고 라이벌 관계인 그룹 총수들이었다.

더구나 오성의 이희철은 이미 폐암 말기, 제 몸 하나 가누기 힘든 사람이 휠체어를 타고 이곳에 나타났다.

이희철은 얼마든지 깊은 병환을 핑계로 이 자리에 나오지 않아도 되었다.

그런 그가 이 자리에 나왔다는 것은 필시 그럴 만한 이유가 있었을 게다.

대통령이 무서워서 나올 인물은 절대 아니었다.

김춘추는 먼발치에서 이희철을 힐끔 쳐다보았다.

이미 그와는 7살 때 안면이 있었다.

물론 그가 기억할 리는 없겠지만.

'이런 사람들이 오는 자리에 날 불러? 무슨 수작이지……'

김춘추는 침착하게, 계속해서 주변을 관찰했다.

그리고 곧 이들의 소집 이유를 알아냈다.

그들끼리 떠드는, 작은 소리라고 하나 오감이 발달한 김춘추의 귀에는 충분히 대화 내용이 들렸기 때문이다.

곧 있을 중동 방문에 동행될 '경제 협력단'에 포함된 이들이었다.

'의사도 안 묻고 그냥 집어넣는군.'

김춘추의 입맛이 매우 썼다.

그는 이미 그 이유를 알고 있었다.

"테크윈? 다운스트림? 난 둘 다 처음 듣는데."

한 젊은이가 김춘추의 옆으로 오더니 말을 걸었다.

대략 20대 중반으로 보이는 젊은이였다.

아르마니 검은색 정장과 파란 타이를 맨, 파란 타이에는 다이아몬드를 단 핀이 번쩍이고 있는, 얼굴에는 자신감이 넘쳐흐르는 이였다.

"……"

김춘추는 상대의 말을 무시했다.

그러자 상대의 한쪽 눈썹이 파르르 떨리는 것이 느껴졌다.

상당히 오만한 자임에는 분명했다.

그리고 경망스러운 자이고.

"이런 데 오니깐 눈에 뵈는 게 없나 보지?"

젊은이는 김춘추의 귓가에 대고 속삭였다.

이 자리에 모인 경제계의 거물들 이목은 두려운가 보다.

그야말로 약한 자에게 강하고 강한 자에게 약한, 전형적인 자였다.

김춘추는 젊은이의 가슴, 명찰을 가만히 보았다.

오성 이사현.

'첫째 아들 쪽이군.'

김춘추의 머릿속에는 이미 대한민국 정·재계의 인물들, 심지어 그 자식들까지 계보를 꿰뚫고 있었다.

안타깝게도 오성의 이희철은 장남이 아닌 삼남 이수희에게 경영 전체를 물려주고 있었다.

그러니 이미 실질적인 오너는 이수희였다.

그럼에도 불구하고 이희철은 장남에 대한 미련을 아직도 갖고 있었다.

장남의 아들을 이 자리에 데리고 온 것만 봐도 그의 절절한 부정이 느껴졌다.

항간에는 이희철이 이수희를 정식 후계자로 정하면서 장남에 대한 미안함에 오열했다고 알려져 있었다.

그만큼 장남에 대한 부정이 몹시 강한 이희철이었다.

'장남이 안 되니 손자라도 키워 볼 요량이군.'

김춘추는 이사현의 얼굴을 물끄러미 쳐다보면서 생각했다.

"……."

김춘추는 이사현에게 대답 대신 고개만 까닥였다.

이희철은 이희철이고 이사현은 이사현이다.

그리고 이희철의 자식에 대한 사랑을 높이 사는 것은 엄연히 달랐다.

오히려 그 내리사랑이 손주까지 망치고 있는 것이 그의 눈에 보였다.

"날 무시해? 지금 뭐하자는 거지?"

이사현이 낮게 으르렁거렸다.

아직까지 주변의 사람들은 이 두 사람을 크게 주목하지 않았다.

오늘 모인 경제 협력단에는 사절단으로 갈 회사 대표들도 초청되었지만, 그 외에도 그들이 추천하는 자들이 2-3명 함께 모였기 때문이다.

그런 까닭에 대기실은 꽤 붐벼 있었다.

그리고 이런 기회야말로 이제 막 꽃 피우는 젊은 후계자들에겐 얼굴을 알릴 좋은 기회였다.

대부분 회사 오너들이 자신의 아들이나 손주들을 데리고 이 자리에 참석했기 때문이다.

젊은 후계자들은 다른 회사의 오너들에게 인사하기에 바빴고 오너들은 경쟁 회사 후계자들의 면면을 살피느라 바빴다.

"꽤 한가하신가 봅니다."

김춘추는 이사현을 안타까운 표정으로 바라보면서 말했다.

"뭐?"

이사현이 열 받은 표정으로 말했다.

"인사드릴 어르신들이 없나 봅니다. 그럼 저는 이제 막 신생 회사의 홍보를 맡은지라……"

김춘추는 그렇게 말하고는 그 자리에서 벗어났다.

이사현이 자신을 노려보든 말든.

자신보다 낮아 보이는 자와 말씨름할 시간은 그에게 없었다.

김춘추가 이사현을 피해 막 두 걸음을 떼기도 전이었다.

"다운스트림 김춘추?"

누군가 그를 불러 세웠다.

대진그룹의 오너 김호중이었다.

"만나 뵙게 되어 영광입니다."

좀 전까지 냉담한 얼굴을 하고 있던 김춘추의 표정이 일시에 바뀌었다.

그는 김호중에게 깍듯하게 예의를 차렸다.

지금 대한민국에서 가장 바쁜 사람을 손꼽자면…

공식적으로 모두 대진그룹의 오너 김호중을 첫 번째로 꼽을 만큼 그는 전 세계를 쉴 틈 없이 바삐 움직이는 사람이었다.

그저 오너라고 자리에 앉아 명령만 내리는 자가 아니었다.

직접 발로 세계를 향해서 뛰고 있는 자였다.

김호중에 대한 명성은 김춘추도 잘 알고 있었다.

그리고 이번 청와대 호출 건과 관련해서 김호중이 개입되어 있으리라.

김춘추는 김호중의 눈을 정면으로 응시했다.

청와대가 이렇게 나온 이상…

확실히 그 대응을 해 주지.

김춘추의 눈가에 언뜻 비릿한 웃음이 스쳐 지나갔다.

"설마, 내가 아는 다운스트림 맞는가?"

"정보가 빠르신 회장님께서 들은 이름이라면, 그 이름 맞습니다."

"이거 놀라운걸."

김호중은 진심으로 놀라워했다.

"한국인이 다운스트림에 속해 있다니. 어째서 난 그 정보를 듣지 못했을까?"

"이제 막 시작하는 신생 회사인걸요."

김춘추는 겸손하게 대답했다.

"아니지, 사우디 왕자가 참여한 다운스트림이라… 이미 그것 하나로도 예의 행보를 주시하고 있었지."

그렇게 말하는 김호중의 눈빛은 빛났다.

무언가 먹이를 찾았을 때 그가 짓는 표정이었다.

'확실히 전 세계를 돌아다닌다고 소문난 양반답군.'

김춘추는 김호중의 빠른 정보 습득에 감탄했다.

다운스트림이 본격적인 활동을 한 지는 이제 고작 한 달도 채 되지 않았다.

김호중의 반응을 보아서는 이미 설립 초부터 예의 주시하고 있음이 명백했다.

물론 이런 효과를 기대하고 무함마드 왕자를 회사 설립에 참여시키지 않았던가.

일찍 일어나는 새들에게 떡밥을 투척하기 위해서.

"자네는 필시 사우디 왕가와 관련 있겠지?"

김호중이 물었다.

김춘추는 가볍게 고개를 끄덕였다.

"운이 좋을 뿐입니다."

"겸손한 자군."

김호중이 김춘추의 얼굴을 빤히 보면서 말했다.

"젊은이에게 더욱 열심히 하라는 칭찬으로 알겠습니다."

"허허, 제법이군. 조만간 시간 내서 따로 보지."

김호중의 말에 김춘추는 미소를 지으면서 대답했다.
"영광입니다. 안 그래도 찾아뵈려고 했습니다."
"서로 상부상조하세."
김호중이 김춘추의 말에 만족스러운 표정을 띠면서 그의 어깨를 두드렸다.

"입장하시기 바랍니다."
대통령 비서실장인 황영수가 알현실로 향하는 문을 열었다.
대기실에 있던 사람들은 일사분란하게 황영수가 지휘하는 대로 각기 자리에 섰다.
첫 번째 줄에는 당연히 각 재계에서 내로라하는 오너들이 섰다.
김춘추는 조용히 맨 마지막 줄, 세 번째 줄에서 자신의 자리를 적당히 어디로 고르면 좋을지 잠시 고민하고 있었다.
"김춘추 씨, 여기에 서시지요."
황영수가 김춘추를 알아보았는지 그를 불렀다.
"제가 거기에 서도 될까요?"
김춘추는 일부러 뻔한 질문을 했다.
"대통령 각하의 지시입니다."
황영수는 당연하다는 듯이 대답했다.
"영광입니다."

김춘추는 일부러 감동한 척, 조금은 높은 억양으로 대답했다.

그리고 지체 없이 첫째 줄 제일 끝에 섰다.

그의 이런 연극은 곧 효과가 나타났다.

대기실에 있던 함께 있던 사람들의 이목이 전부 김춘추에게 쏠렸기 때문이다.

방금 전, 대기실에 있었을 때하고는 전혀 다른 양상이 되어 버렸다.

피식.

대진그룹의 김호중이 그 광경을 보고 살짝 미소를 지었다.

제2장

# 청와대의 그물

 김춘추가 당당한 걸음으로 첫째 줄의 맨 끝에 서자, 그 파문은 전체를 술렁거리게 했다.
 처음 그가 등장했을 때만 해도 그저 김춘추를 재벌가의 미래 후계자들 중 하나 정도로 생각하던 사람들의 관심이 순식간에 매우 커져 갔다.
 첫째 줄은 엄연히 재계 일등공신들의 자리.
 그런 자리엔 오성의 실질적인 오너 이수희조차 얼굴을 내밀지 못했다.
 그런데 새파랗게 젊은 작자가 첫째 줄.
 비록 끄트머리라고 하나 그곳에 위치한 의미가 매우 컸기 때문이다.

'제길, 저놈 뭐야?'

오성 이사현의 기분이 더욱 불쾌해진 것은 물론이었다.

저런 어린 작자에게 무시당한 것도 분한 판국에…

그가 자신의 할아버지와 같은 줄에 섰다는 사실 하나만으로도 단단히 기분이 잡쳤다.

김춘추의 얼굴은 아무리 봐도 20대 초반, 그 이상은 넘기가 어려웠다.

자신보다도 4-5살은 어려 보이는 그가.

이사현으로서는 기분이 상할 수밖에 없었다.

그의 자존심이 깡그리 상했다.

재벌가의 미래 후계자들 중 오성보다 앞설 자들은 없다고 자신만만하던 그였기에 더욱 그랬다.

"대통령 각하께서 나오십니다."

비서실장 황영수의 말에 웅성거리던 일행들이 일순 찬물 끼얹은 듯 조용해졌다.

'흠, 이런 게 절대 권력이군.'

김춘추는 경호실장과 경호원들의 삼엄한 경호를 받으면서 등장하는 전세환을 매의 눈으로 바라보았다.

"대통령 각하, 오성의 이희철입니다. 이렇게 휠체어를 타고 뵙는 것을 용서해 주십시오."

"오신 것만으로도 이 사람은 기쁩니다."

이희철의 말에 전세환이 그의 등을 두드리면서 말했다.

참으로 오만한 태도가 아닐 수 없었다.

두 사람의 나이 차이는 거의 20년, 아무리 대통령이라고 해도 마치 어린애 다루듯이 이희철을 다루고 있었다.

아무리 그가 대통령이라고 해도 재계의 거목인 이희철을 이런 식으로 다루는 것은 예의에 한참 어긋났다.

이것이 의미하는 바는 명확했다.

이 자리에 모인 사람들에게 날리는 경고.

**니들 까불면 죽어.**

김춘추는 물론이고 이 자리에 모인 사람들 모두 그 의미를 이해하지 못할 바보는 없었다.

절대 권력의 힘을 전세환은 지금 선보이고 있었다.

민주화 운동이 한창인 이때, 전세환의 입장에선 대한민국을 떠받드는 가장 큰 힘인 재계의 인물들을 확실히 휘어잡아야 했다.

그렇게 한 사람 한 사람, 전세환은 악수를 나눴다.

김춘추의 차례가 이내 다가왔다.

전세환은 김춘추를 보자마자 와락 안았다.

당연히 모두의 이목이 그에게 또 한 번 쏠린 것은 당연했다.

"자신을 드러낼 준비가 됐는가?"

전세환이 목적을 성취한 사람처럼 웃어 보였다.

"다운스트림 코리아를 조만간 세울 예정입니다. 각하께

서 허락하신 것으로 판단하겠습니다."

김춘추는 사업가답게 처신했다.

"좋아, 좋아! 자네의 이익이 곧 국가의 이익이니. 지분 얘기는 좀 이따 하세."

전세환은 그렇게 말하고는 다음 사람에게로 시선을 돌렸다.

'지분 얘기라……?'

김춘추의 얼굴에서 한순간이었지만 짜증 섞인 빛이 스쳐 지나갔다.

숟가락 놓겠다는 얘기다.

이제 막 시작한 신생 회사에 대한 과도한 처사이자 관심이었다.

아마도 사우디 왕가가 뒷배경으로 있는 까닭이리라.

'그럼 그렇지.'

김춘추는 애초 군 면제라는, 신검도 받지 않은 사람에게 보낸 호의를 믿지 않았다.


"그러면 여러분들이 이 나라의 얼굴임을 잊지 말고 뜨거운 뙤약볕에서 조국의 미래를 위해서 최선을 다해 주시길, 이 사람은 바라면서 오늘 모임은 이것으로 끝내겠습니다."

전세환은 웃으면서 좌중을 둘러보았다.

짝짝짝.

모두가 기립해서 박수를 쳤다.

대통령이 퇴장했다.

"이것으로 모든 일정을 여기서 마치겠습니다."

비서실장인 황영수가 선언했다.

웅성웅성.

사람들은 뭔가 못마땅한지 황영수를 힐끔힐끔 쳐다보았다.

'끝났군.'

김춘추의 표정엔 아무런 변화가 없었다.

하지만 그는 지루해하고 있었다.

그리고 이걸로 끝이 아님을 알고 있기에 퇴장하지 않고 자리에 서 있었다.

"김춘추 씨, 역시 눈치 빠르군."

황영수가 다가왔다.

"아무래도……."

김춘추는 그 뒤의 말을 아꼈다.

주변에 사람들이 귀를 기울이고 있다는 것을 눈치챘기 때문이다.

"곧 각하를 뵐 것이니 각별히 행동 조심하게."

황영수가 말했다.

그의 말 속에는 위협이 섞여 있었다.

그것을 모를 김춘추는 아니었다.

그는 여전히 그 자리에 조용히 서 있을 뿐이었다.

그때, 그의 등 뒤에서 한 젊은이의 말이 들려왔다.

"오찬회는 취소된 것입니까?"

"각하께서 몇 분만 만나시겠다고 한다."

황영수가 살짝 인상을 찌푸리면서 대답했다.

그의 말 속에는, 감히 자신에게 이런 질문을 하는 젊은이의 태도에 심히 불쾌감을 느끼고 있다는 것이 역력하게 드러나고 있었다.

절대 권력이 존재하는 이 세상에는, 절대 권력의 비서실장이란 하늘을 나는 새이니깐.

새파란 젊은이 따위가 자신에게 질문을 한다는 것 자체가 용납되지 않는다는 표정이었다.

사실 이 자리에는 비서실장 외에도 비서관, 비서들이 즐비하게 서 있었기 때문이다.

이런 질문 따위는 얼마든지 그들에게 해도 좋았다.

그러니 젊은이의 의도는 안 봐도 뻔했다.

그가 오찬회가 취소된 것을 모르는 바는 아니니까.

실제로 젊은이의 눈은 김춘추를 향하고 있었다.

젊은이의 의도가 어쨌건 간에, 비서실장에게 쓸데없는 질문을 한 것은 치기 어린 실수임이 분명했다.

그럼에도 젊은이는 눈치 없게 입을 놀렸다.

"앞의 젊은이는 참석하는 겁니까?"

"각하의 결정이다."

"으음……."

젊은이는 신음 소리를 냈다.

하지만 그의 눈은 김춘추를 향해서 이글이글 타오르고 있었다.

솔직히 젊은이뿐인가.

접견실을 빠져나가는 한두 명을 제외하고는, 대부분 사람들이 서성거리는 척하면서 젊은이와 비서실장의 대화에 귀를 쫑긋거리고 있었다.

원래 오찬회까지 이 자리가 이어지기로 사전에 계획되어 있었기 때문이다.

그런데 갑작스럽게 오찬회가 취소되었다.

청와대의 결정이니 딱히 반박할 이유는 없다.

하지만… 방금 전 비서실장의 말에 그들의 이목은 일제히 김춘추에게 향해 있었다.

첫 줄 맨 끝에 서 있던 젊은이.

그것만으로도 그들은 모든 정보망을 풀가동시킬 것이다.

그런데 오찬회에 초대돼?

그 자리엔 오성 이희철, 미래 정한영, 그리고 대진의 김호중만이 참석한다는 통보를 막 들은 그들이었다.

그런데 저 청년도?

그들의 눈빛에는 의아함과 함께 자신들이 초대받지 못했다는 사실에 상당히 불쾌하다는 눈빛이 서려 있었다.

물론 청와대에 자신들이 있다는 사실을 인식하고 있는 바라 표정에는 그다지 변화가 없었다.

몇몇 젊은 후계자들 빼놓고.

능구렁이 어르신들은 전부 알 수 없는 표정을 짓고 있었다.

하지만 김춘추는 그들의 본능적인, 적대감을 느끼고 있었다.

접견실 전체에서 타오르는 소리 없는 적대감.

'고작 나에게 분노를 쏟고 있다니, 정말 답 없는 인간들이군.'

김춘추가 이 분위기를 눈치 못 챌 리가 없었다.

인간들은 참 재밌다.

강자에게는 찍소리도 못하면서 약자라고 여겨지는 자에게는 한도 끝도 없이 강하다.

그는 살짝 짜증이 치밀어 올랐다.

하지만 자리가 자리인 만큼 아무런 표정도 짓지 않았다.

"비서관을 따라가게."

황영수는 김춘추를 향해서 한 비서관을 가리키면서 말했다.

그러고는 자신의 앞에 있는 젊은이에게 한마디 했다.

"봐줄 때 꺼져."

"죄, 죄송합니다."

젊은이는 황영수의 돌변한 태도에 얼굴이 새빨개져서 황급히 그 자리를 떴다.

김춘추는 황영수의 오만방자한 태도에 인상을 찡그렸다.

이 자리에 모인 사람들은 명색이 대한민국에서 내로라하는 재계의 거물들과 미래 후계자들로 구성되어 있다고 들었기 때문이다.

상대가 나이 어린 젊은이라고 해도 필시 7대 재벌가의 후계자일 텐데.

김춘추는 자신을 한 번 노려보고는 사라지는, 미래 그룹의 후계자, 그 젊은이의 등을 잠시 쳐다보았다.

강한 자에게 약하고 약한 자에게 강한 것이 생리라고 하지만.

저 젊은이의 눈빛을 보면 황영수에게 받은 모욕을 자신에게 터트리고 있었다.

'똥 밟았네. 아침부터 끌려와서 이게 뭔 짓거리람.'

김춘추의 입맛이 썼다.


오찬회는 곤욕이었다.

하지만 김춘추는 오히려 여유로운 표정을 지으면서 식

사를 했다.

　식사가 끝나고 곧 차를 내왔다.

　동시에 다른 자리에서 쉬고 있던 오성의 이희철이 손주 이사현이 끄는 휠체어를 타고 나타났다.

　아무래도 몸 상태상 식사 자리는 그에게 무리였다.

　하지만 가장 중요한 사업적인 논의가 있는 터라 아직까지 이런 자리에는 그가 필요했다.

　이사현은 이희철의 눈짓에 곧 그 자리에서 물러섰다.

　"흠, 다들 모였으니 본론을 얘기하지."

　전세환이 운을 뗐다.

　모두 숨을 죽였다.

　"이 젊은이가 다운스트림의 한국통일세."

　전세환의 말에 오성 이희철, 미래 정한영, 그리고 대진 김호중의 시선이 쏠렸다.

　이희철과 정한영은 아직 다운스트림의 존재조차 잘 모르는 것 같았다.

　하지만 세계 곳곳을 누비는 김호중은 알고 있었다.

　'한국통이라.'

　김춘추는 순간 웃음이 나오려는 것을 간신히 참았다.

　그는 대통령의 이 단어 한마디에 다운스트림에 대한 정부의 평가, 결론을 알 수가 있었다.

　아무래도 전세환은 다운스트림이 사우디 왕가, 무함마드

왕자가 세운 회사로 생각하는 듯했다.

'하긴 나라도 그렇게 생각하겠지.'

아무리 중앙정보부에서 다운스트림의 존재를 찾아냈다고 해도.

다운스트림의 최대 지분을 그가 보유하고 있다고 해도.

그의 시민권이 사우디아라비아인 이상 무함마드 왕자가 내부의 복잡한 사정 때문에 김춘추를 내세우고 있다고 생각할 만했다.

사실 석유개발탐사 등의 사업은 일개 개인이 벌인 만한 사업이 아니었다.

다국적 기업쯤은 돼야 명함을 내밀 수 있는, 범국가적인 사업에 속했다.

세계의 오일 사업 80퍼센트를 장악하고 있다는 로열쉘사의 경우, 네덜란드 왕실과 영국 왕실이 최대 주주로 있지 않은가.

대진그룹의 김호중은 이 부분에 관해서는 거의 정부의 비호를 받고 있다고 해도 전 세계에서 명함을 내밀기에는 벅찬 사업인 것은 확실했다.

그러니 김춘추가 실제 다운스트림사의 실소유주라고 대통령도, 중앙정보부도 생각하지 못했다.

"다운스트림이라……."

이희철이 조그만 소리로 중얼거렸다.

그의 얼굴에 표정의 변화는 없었지만.
아마도 그는 회사로 돌아가면 한바탕 뒤집으리라.
"허허허, 천하의 오성도 모르는가 보네."
전세환이 너털웃음을 터트렸다.
그는 상당히 의기양양한 표정을 지었다.
솔직히 롯데 호텔에서 김춘추와 만나지 않았더라면 그조차도 절대 알 수 없었을 텐데.
"각하, 저 젊은이가 이 자리에 참석할 정도로 다운스트림의 힘이 막강합니까?"
미래그룹 총수인 정한영이 조심스럽게 물었다.
"흠… 그건 아니지만 이번 방문 때 자네들에게 큰 힘이 될 걸세."
전세환이 의기양양하게 말했다.
김춘추는 여전히 이 자리에서 침묵을 지켰다.
"말씀하십시오."
김호중이 재빠르게 말했다.
"험, 험! 그러지."
전세환이 헛기침을 했다.
그러고는 좌중을 한번 둘러보고는 입을 뗐다.
"이번 사우디 국영 기업의 항만건설 사업 낙찰에 국익이 크게 달렸네. 그걸 저 젊은이가 힘써 줄 걸세."
전세환은 김춘추를 한번 쳐다보았다.

'기가 막히군.'

김춘추는 순간 황당했다.

사전에 아무런 통보도 없이 다짜고짜 면제 하나 들이밀고 바로 청와대로 끌고 왔다.

그런데 자신이 약속한 적도 없는 대규모 사업에 힘을 써야 할 판이 되었다.

김춘추는 대통령 전세환의 말에 아무런 표정을 짓지 않았다.

그리고 끈기 있게 그의 말을 기다렸다.

"오성은 그렇게 되면 이익을 보겠지?"

전세환이 이희철에게 물었다.

"만약 그렇게만 된다면……."

이희철이 고개를 끄덕였다.

그의 눈에는 김춘추에 대한 불신이 서려 있었다.

아무리 사업의 귀재라는 그조차 전세환의 말은 뜬구름 잡는 말처럼 들렸다.

현재 일본 기업이 낙찰에 아주 가까이 다가갔다는 정보를 입수했기 때문이다.

이번 중동 방문은 어떻게든지 다음 낙찰에 유리한 고지라도 차지하려는 심정으로 참여한 것이었다.

"대신, 오성항공이 현재 방위 산업의 80퍼센트를 차지하고 있으니 50퍼센트로 조정하지."

"……."

이희철은 전세환의 말에 고개만 끄덕였다.

그가 속으로는 매우 불쾌한 감정을 가지고 있으리라는 것은 안 봐도 뻔했다.

"30퍼센트는 저 젊은이의 실소유인 대한테크윈에게 넘기지."

전세환은 김춘추를 바라보면서 어깨를 으쓱했다.

수주를 따는 데 도움을 주면 대한테크윈이 방산 사업 분야에서 최소한 30퍼센트의 이권을 가질 수 있게 하겠다는 말이었다.

참으로 절대 권력자만이 할 수 있는 말이었다.

애초에 방산 사업 분야가 그랬다.

눈 가리고 아웅, 공정한 입찰 경쟁이라는 말 뒤에는 이렇게 실세의 입김이 작용하고 있었다.

아무리 그래도 그렇지.

시장 점유율까지 조율하고 있다니.

대한민국의 모든 것이 그의 말 한마디에 움직이고 있었다.

"최, 최선을 다하겠습니다."

김춘추는 마치 전세환의 말에 감격한 것처럼 말했다.

장단 맞추기 놀음이었다.

"자, 자, 그러면 이 부분은 됐고……."

전세환의 눈빛이 미래그룹 정한영에게 가 있었다.

이희철의 대답은 들어 볼 것도 없다는 식의, 그야말로 안하무인이었다.

'절대 권력이라……'

김춘추는 전세환을 바라보았다.

그의 얼굴에서 알 수 없는 표정이 스쳐 지나갔다.

"미래는 두바이에 집중하겠다고?"

전세환이 사전에 정한영에게 보고받은 것을 확인했다.

"두바이의 지도자 셰이크 라시드와 그의 아들 모하메드의 리더십이 주목할 만합니다. 이미 항만 건설이 대규모적으로 이뤄지고 있습니다."

정한영은 눈빛을 반짝이면서 말했다.

그것만 봐도 그가 두바이에 대한 열정이 얼마나 대단한가를 알 수 있었다.

"흠… 뭐, 좋네. 세계로 뻗어 갈수록 대한민국의 국력은 강해질 테니. 자네가 실수한 적이 없고……. 이번 순회 방문 때 힘써 주겠네."

전세환은 흐뭇한 표정으로 말했다.

정한영이 자신의 지시로 88올림픽 개최권을 따낸 이후로 상당히 그를 신뢰하고 있었다.

"감사합니다."

정한영은 감동 어린 표정으로 대답했다.

"다운스트림 코리아를 세운다고 했지?"

전세환이 느닷없이 김춘추를 바라보면서 말했다.

"그렇습니다."

김춘추는 다소 못마땅했지만 자신의 기분을 드러내지 않고, 오히려 이 자리에 자신이 끼인 것이 영광이라는 표정을 지으면서 대답했다.

연극은 충분히 할 수 있었다.

"두바이는 다운스트림 코리아로 가세."

"네?"

전세환의 말을 김춘추가 못 알아듣는 척했다.

"괜찮아, 아직 어려서 잘 모르는군."

전세환은 김춘추를 다독이면서 다시 한 번 말했다.

"다운스트림 코리아는 100퍼센트 한국 지분으로 가세. 내 도와준다 이 말일세. 자네는 왕자를 잘 설득하게. 허허허허!"

"여, 영광입니다."

김춘추가 그제야 이해했다는 듯이 장단을 맞췄다.

"저희 대진이 각하께 미움 받은 거 아닙니까?"

그때 옆에서 김호중이 웃음을 지으며 말했다.

"아니지. 자네도 알다시피 다운스트림이 로열쉘의 구역을 따냈네. 사우디 왕가의 힘을 알 수 있지 않은가? 허허허. 지금처럼만 해 주면 내 절대로 자네를 내칠 일은 없으이."

전세환은 기분이 좋았다.

모든 게 그의 손아귀에 있었다.

그는 김춘추를 바라보면서 노골적으로 말했다.

"다운스트림 코리아 지분 50퍼센트는… 알지?"

"……."

김춘추는 순간 말문이 막혔다.

3대 재벌 오너들이 있는 자리에서 대놓고 지분 요구라니.

아니, 50퍼센트만 가져가겠다는 것을 고마워해야 하나.

어쨌거나 아직 설립도 되지 않은 회사를 가지고 벌써 흥정하다니.

다운스트림에 대해서 단단히 착각한 모양이었다.

사우디 왕가의 후원을 등에 업고 있다고.

무함마드 왕자를 얼굴마담으로 내놓은 것이 아주 틀리지는 않았나 보았다.

"준비하겠습니다."

김춘추는 전세환의 재촉하는 눈빛을 느끼고는 이내 대답했다.

"그렇지, 그렇지."

전세환은 그렇게 말하면서 상황을 정리했다.

회의의 결론은 이랬다.

오성건설이 사우디 수주를 갖는 대신 대한테크원에게 방

산업의 국내 지분율 30퍼센트를 양보한다.

대한테크원은 그 대신 사장에 대통령이 추천하는 이를 자리에 앉힌다.

미래건설은 사우디 수주를 포기하는 대신 두바이 건설 수주에 집중한다.

그와 동시에 다운스트림 코리아는 두바이 수주에 최대한 협력을 하고 대신 그곳에서 개발탐사 활동을 정부 차원에서 전폭적으로 지지받는다.

물론 그 대가로 다운스트림 코리아 지분 50퍼센트는 바친다.

대진조선은 대한스트림 코리아를 돕는 조건으로 다운스트림 코리아에서 발주하는 수주를 전부 가져간다.

'흠, 자율 경쟁이 아닌 권력의 개입이군. 처음부터 답이 정해진 사업 구도이군.'

김춘추는 무덤덤한 표정을 지었다.

그동안 이런 짓거리는 얼마든지 보았다.

"아무래도 장비가 많이 필요하겠지? 이 사람이 지시해 놓을 테니 은행을 이용하게. 필요한 만큼 그들이 지원해 줄 걸세. 하하하하!"

전세환이 김춘추의 어깨를 두드리면서 말했다.

그는 지금 매우 흡족해하고 있었다.

사실상 김춘추가 벌이는 사업체들에 제대로 숟가락을 얹

힌 셈이니.

김춘추는 여전히 전세환의 말에 감격한다는 표정을 짓는 것을 잊지 않았다.

'모두가 허수아비군.'

절대 권력의 치하에서는 어찌 보면 당연한 일일지도 모른다.

김춘추는 그것을 너무 빠르게 실감하고 있었다.

다만 전세환이 왜 자신에게 이토록 집착하는지 이해가 되지 않았다.

기존 그룹들에게 숟가락은 이미 충분히 얹었을 것이다.

그것은 안 봐도 뻔했다.

그런데 이제 시작하는, 설립조차 되지 않는 회사에 대해서 지분 운운할까.

'청와대까지 이들을 불러서 한 거래에서 그 자신은 겨우 신생 기업 지분 50퍼센트만 가져간다라? 말이 안 되지.'

김춘추는 전세환이 왜 이런 수고를 마다하지 않는지 곰곰이 생각해 보았다.

아마도 그가 국내에 다운스트림 코리아와 같은 회사를 세우고 싶어 했을 것이라는 결론이 나왔다.

단순히 국내에서 머무르는 기업이 아니라 세계 각지에 뻗어 있으면서도 사람들의 이목을 피할 수 있는 그런 회사.

대리인은 그야말로 허수아비에 불과한 회사지만 사람들

의 이목을 교묘하게 숨길 수 있는, 해외에 오고 가면 뭔 짓을 하는지 은폐가 가능한 그런 회사 말이다.

나이 어린 김춘추를 다루는 것은 손 안 대고 떡 먹는 것과 같다고 생각하는 모양이었다.

게다가 사우디 왕가와 친분 있는 어린놈.

어찌 보면 전세환 입장에서는 그야말로 안성맞춤 아닌가.

적당히 김춘추를 키워 주는 척하면서 야금야금 다운스트림 코리아를 잠식해 나갈 것이 뻔했다.

아니, 그 자신의 발톱을 한순간에 드러내어 빼앗겠지.

김춘추 따위는, 전세환의 눈에는 언제든 집어삼킬 수 있는 어린 양처럼 보일 게다.

'훗, 과연 너의 뜻대로 될까?'

김춘추는 자신의 앞에 놓인 찻잔을 입으로 갖다 대면서도 전세환이 짓는 득의양양한 표정을 놓치지 않았다.

'그나저나 두바이라니…….'

김춘추의 마음 같아서는 개발탐사 분야는 아부다비 쪽으로 가고 싶었다.

이미 두바이는 석유 자원이 한정돼 있다고 알려져 있기 때문이다.

김춘추는 현 상황을 정리했다.

두바이의 지도자 셰이크 라시드와 모하메드에 대해서는 그도 충분히 알고 있었다.

'대한투자벤처의 해외 영업 부분을 허락받아 놓기 잘했군.'

김춘추는 좀 전 전세환에게 대한투자벤처가 국내뿐 아니라 해외 영업까지 할 수 있도록 승인을 받았다.

절차상의 문제는 시간문제일 뿐.

주먹구구식 비즈니스.

지금의 이 상황에 딱 맞는 말이었다.

대한민국에서 사업이란 모든 게 절대 권력자 한마디에 달려 있었다.

사실 다른 이들이라면 김춘추가 방금 받은 혜택 등에 대해서 입을 쩌억 벌리고 부러워할 것이었다.

그까짓 지분 좀 내주고 이것저것 챙겨서 사업을 확장할 수 있는 기회.

그룹으로 확실하게 약진할 수 있는 기회를 쟁취했으니 이 얼마나 대단한가.

지금까지 모든 그룹들이 그렇게 성장해 오지 않았던가.

정부, 아니 절대 권력자들과의 은밀한 거래.

하지만 김춘추는 달랐다.

'이거 불편한걸.'

김춘추의 이마에 깊은 주름이 패었다.

이미 왕정국가, 독재체제 등 그가 겪어 보지 못한 국가체제는 없었다.

그 나름대로 적응하면 그만.

하지만 지금 대한민국은 과도기였다.

독재와 민주화 사이.

그리고 독재의 뒤에는 한 조직이 있었다.

'두리회……'

김춘추는 아랫입술을 깨물었다.

이미 여당의 대표는 두리회 내 2인자가 맡고 있다.

절대 권력이 다음 대통령 선거에서도 이어진다는 뜻이었다.

두리회가 막강한 파워를 내는 한.

지금의 체제는 무너지지 않는다.

그리고 그것은 김춘추가 사업하는 데 가는 곳마다 발목을 잡을 것이 불 보듯 뻔했다.

지금이야 어리니까 마음대로 할 수 있다고 생각하고 키워 준다는 것이고.

조만간 전세환이 야욕을 드러낼 게 뻔했다.

'걸어오는 싸움은 거절하는 게 아니지.'

김춘추의 눈빛이 강하게 빛났다.

대통령과의 면담을 마치고 김춘추가 막 자리에서 빠져나올 때였다.

그때까지 이사현이 할아버지 이희철을 기다리고 있었다.

툭.

"나 따위는 별거 아니란 뜻이었군."

이사현은 고의적으로 김춘추의 어깨를 치고는 이희철의 휠체어를 밀기 위해서 오찬이 있었던 방으로 들어갔다.

'애벌레 하나 붙는 건가.'

김춘추가 무덤덤한 표정을 지었다.

그러고는 비서실장 황영수에게 정중하게 인사를 건네고는 청와대를 급히 빠져나왔다.

그대로 더 있다가는 오성, 미래, 대진그룹의 비서들에게 붙잡힐 게 뻔했으므로.

'그나저나 김한기가 난리 치겠군.'

김한기는 지금 대한테크윈의 사장이었다.

그런데 대통령의 한마디에 사장이 바뀐 셈이었다.

이걸 김한기가 납득할까?

그의 눈에는 대통령조차 코 흘리게 어린애처럼 보일 텐데.

'이거 제일 난처하군.'

김춘추는 인상을 썼다.

✦ ✦ ✦

명동 미도파 본점.

김한기는 이예화, 리디아 황녀와 함께 백화점 전 층을 돌아다니고 있었다.

오랜만에 맛보는 여유.

그동안 김춘추를 쫓아다니면서 대한테크원 사장 역할 하랴, 다운스트림 본부장 역할 하랴 정신이 없었다.

어디 그것뿐인가.

대한공문수학 사장, 대한투자벤처 사장.

비록 실권은 김춘추에게 있다지만 사장이란 직함에는 버젓이 김한기, 그 자신의 이름이 올라와 있었기 때문이다.

'날 이렇게 부려 먹다니… 나쁜 놈.'

김춘추가 이렇게 생각해도 사실 그는 이를 즐기고 있었다.

자신의 그릇인 박애자가 더 이상 무당을 하지 않는 이상, 예전처럼 사람들 위에서 군림하고 장난치고 노는 것이 불가능해졌기 때문이다.

물론 천계에서도 그의 성정이 별반 다르지 않았지만.

어쨌거나 그는 지금 매우 기분이 좋았다.

두 미녀가 자신의 곁에 서 있으니 기분이 좋지 않을 사내가 어디 있겠는가.

천계의 존재가 인간의 몸속에 들어가 있다고 해도 이 상황을 즐기는 것은 마찬가지였다.

그들의 곁을 스치는 사내들은 하나같이 이예화와 리디아

황녀의 미모에 넋을 놓은 듯이, 그리고 김한기를 진심으로 부러워하는 눈빛을 쏘았다.

네가 얼마나 잘난 놈이기에 이런 미녀들을 데리고 다니느냐 하는 표정이었다.

하지만 반대로 이예화는 심히 기분이 좋지 않았다.

주변인들의 시선이 무엇을 말하는지 알고 있으니까.

리디아 황녀만이 이 상황을 개의치 않았다.

그녀는 주변을 연신 두리번거렸다.

"와, 이렇게 사람이 많은 곳도 있다니."

판테온에서 제일 큰 우르비노 제국의 수도에서도 이렇게 큰 가게를 본 적이 없었기 때문이다.

미도파 백화점 내는 온갖 물건들로 화려하게 진열되어 있었다.

그것이 곧 그녀의 마음을 빼앗았다.

정말이지 지구란 곳은 대단한 곳이다!

쇼핑에 대한 여자들의 본능, 그것은 무서운 일이었다.

백화점 식당에서 점심을 먹은 뒤 본격적인 쇼핑이 시작되었다.

불과 한 시간밖에 흐르지 않았는데…

김한기의 양손은 리디아 황녀와 이예화가 쇼핑한 물건으로 가득 차기 시작했다.

곧 주변인의 시선은 김한기가 그녀들의 비서, 혹은 운전

기사로 변화되고 있었고.

"이년들아, 그만 사!"

김한기가 참다못해 소리를 버럭 질렀다.

"삼촌은 참, 여기서 그런 식으로 말하면 어떡해요?"

이예화가 앙칼지게 대답했다.

"지겹다, 이것들아."

김한기가 머리를 흔들면서 대답했다.

"쳇, 저 아직도 못 산 게 많다고요."

이예화가 뽀로통한 표정으로 대답했다.

리디아 황녀마저 아쉬운 표정이 역력했다.

'어떻게 하지?'

김한기는 머리를 굴렸다.

이대로라면 계속 쇼핑을 해야 할 게 뻔했다.

'춘추가 있었지.'

김한기의 양 입꼬리가 올라갔다.

"흠, 내가 돈이 아까워서 이러는 게 아니고. 춘추를 만나러 가야 하지 않겠니?"

"아까 전화 연락 왔잖아요, 점심은 같이 못 먹는다고."

이예화가 짜증 난다는 듯이 대꾸했다.

모처럼 백화점 외출과 함께 김춘추와 점심을 먹을 기대에 부풀어 있었다.

하지만 청와대의 호출과 함께 그 약속은 사라져 버렸기

때문이다.

"흠… 너희가 쇼핑을 그만둔다면 내 한 가지 일러 주지."

김한기는 거들먹거리면서 말했다.

"뭔데요?"

"이제 쇼핑 안 하는 거다?"

"그럴 만하면요."

이예화가 그냥 넘어가지 않겠다는 식으로 말했다.

"곧 춘추가 올 건데, 계속 쇼핑할래?"

김한기가 득의양양한 표정을 지었다.

그는 김춘추의 냄새에 강하다.

대한민국 내에서는 최소한 김춘추가 어디에 있는지 작정하면 찾아낼 수가 있었다.

어디 그것뿐인가.

따로 신경 쓰지 않아도 자신의 근방에 김춘추가 있다면 보이지 않아도 느낌이 온다.

그만큼 김춘추에 대한 집착… 그것은 김한기, 아니 티페 우리우스 엘 칸의 본능에 가까웠다.

김한기와는 다른 이유지만 같은 원리로 김춘추 역시 그를 쉽게 찾아낼 수 있었다.

적어도 서울권에만 있으면.

"정말요?"

리디아 황녀가 이예화의 말을 가로채어 물었다.

순간 이예화의 얼굴에서는 기분 나쁘다는 빛이 역력하게 보였다.

이를 알 리 없는 리디아 황녀는 해맑게 웃었다.

"와, 대단하세요."

그녀는 김한기를 치켜세웠다.

"흐흐, 내 장기지. 내가 가는 곳엔 춘추가 따라오지."

"제가 가는 곳에 삼촌이 오시는 건 아니고요?"

그들의 등 뒤에서 불쑥 김춘추가 나타나서 한마디 했다.

"벌써 왔네."

김한기가 겸연쩍다는 듯이 얼버무렸다.

"청와대 밥은 맛있어?"

이예화가 리디아 황녀가 김춘추에게 말을 걸려는 것을 보고 잽싸게 물었다.

"최고의 요리사들이 하니깐 당연하지."

김춘추가 고개를 끄덕였다.

"아잉, 부럽다."

이예화가 그녀답지 않게 애교를 부렸다.

'얘가 왜 이래?'

김춘추가 이예화의 코맹맹이 소리에 질색을 하면서 쳐다보았다.

리디아 황녀도 그의 등장을 반겼다.

"이년들이 너 나타나니깐 아주 반기는군."

김한기가 양손 가득한 짐을 김춘추에게 넘겨주면서 말했다.

그도 심통이 단단히 났기 때문이다.

"삼촌은 예쁜 숙모와 조카가 있잖습니까?"

김춘추는 김한기에게 시선을 돌리면서 말했다.

"아서라."

김한기는 원래 김한기의 마누라와 자식을 생각하면서 고개를 절레절레 저었다.

그녀들은 김한기를 진짜 남편, 아버지로 안다.

마음 같아서는 처음 만났을 때처럼 그들을 내치고 싶었지만, 김춘추의 당부 때문에 이도저도 못하고 어중간하게 지내고 있었다.

다행히 이런저런 핑계로 그 집을 나오기는 했지만.

한 번씩은 얼굴을 내비치든 연락을 해야 하든 했다.

그것이 김한기의 성정과 맞지 않은 것은 당연했다.

"식사는 하셨고요?"

김춘추가 자상한 어조로 리디아 황녀에게 말했다.

"네. 이분들이 한국식이라면서 불고기를 사 주셨어요."

리디아 황녀가 김춘추의 관심에 기뻐하면서 환하게 웃었다.

이예화가 그 옆에서 못마땅한 표정을 짓는 것은 당연했다.

하지만 김춘추가 리디아 황녀에게 다정하게 구는 것에는

이유가 있었다.

마법.

이곳의 세계에 대해서 김춘추가 알려 주는 대신, 리디아 황녀는 마법에 대해서 가르쳐 주기로 했기 때문이다.

물론 마나가 이곳 차원에서는 거의 느껴지지 않는다는 설명은 이미 들었다.

하지만 마법에 대한 김춘추의 본능적인 관심은 매우 컸다.

그리고 마법이 아니더라도 낯선 세계에 떨어진 리디아 황녀가 겪을 홀로됨, 고독…….

오랜 세월 김춘추가 겪고 있는 것들이었다.

그에 대한 연민, 동질감을 느끼고 있는 까닭도 있었다.

그때였다.

"여어, 이게 누구신가?"

네 사람이 서 있는 곳에 누군가 다가왔다.

김춘추의 안색이 순간 차갑게 바뀌었다.

청와대에서 본 젊은이.

비서실장 황영수에게 면박을 받았던 그 젊은이가 틀림없었다.

'미래의 정이선이라고 했던가.'

김춘추는 자신의 앞에 선, 정한영의 손주이자 실질적인 후계자인 정몽수의 아들 정이선을 바라보았다.

그의 표정이 뱀처럼 야비하게 번들거리고 있었다.

정이선의 옆에는 그와 비슷해 보이는 또래의 청년이 역시 거만한 표정으로 고급 양복을 입고 서 있었다.

물론 그들의 뒤로 세 명의 경호원까지 있었다.

"여전히 내 말에 대답도 안 하는군. 청와대에 한 번 왔다 이건가?"

정이선의 눈가가 파르르 떨리고 있었다.

그가 김춘추의 태도에 얼마나 분노하고 있는지 알 수가 있었다.

그리고 또 하나, 사실 정이선은 처음부터 김춘추를 발견한 것이 아니었다.

그가 미도파 백화점에 나타난 줄도 몰랐다.

청와대의 오찬이 취소된 후 자신의 똘마니나 다름없는 미도파의 장래 후계자를 불러내어 이것저것 쇼핑을 하면서 그 스트레스를 풀고 있었다.

그의 버릇 중 하나였다.

낮에는 쇼핑으로, 밤에는 룸살롱 가서 여자들을 희롱하는 것으로 풀었다.

그런데 쇼핑 중 두 명의 미녀가 눈에 확 들어왔다.

이예화와 리디아 황녀.

물론 그가 두 미녀의 이름을 알 리는 없고.

그중 리디아 황녀를 보는 순간 그는 심장이 멈출 것만 같은 강렬한 충동을 느꼈다.

이 세상에 존재할 것 같지 않은 이질적인 미모.

속히 그녀를 손에 넣어서 호텔 방으로 들어가고 싶다.

저런 미녀들에게 서비스 받는 자신의 모습…

그의 머릿속은 온통 그 생각에 잠식되었다.

그것이 정이선의 불행이라면 불행이었을까?

김춘추가 리디아 황녀를 탐욕스럽게 바라보는 정이선의 눈빛을 못 알아챌 리 없었다.

'어린애군.'

"김춘추입니다. 그럼 살펴 가시죠."

그는 그렇게 말하고는 일행들에게 말했다.

"가자."

"어."

"응."

"네."

김춘추의 말에 김한기, 이예화, 리디아 황녀는 동시에 대답을 하고는 재빠르게 그들 무리에게 등을 돌렸다.

하지만 정이선이 이대로 김춘추를 보낼 리가 없었다.

"저놈 데려와."

정이선이 낮게 으르렁거리면서 뒤쪽에 있는 경호원에게 말했다.

우뚝.

그 말을 들은 김춘추가 발걸음을 멈추었다.
그리고 조용히 뒤를 돌아보았다.
"그 말 취소하시죠."
김춘추의 눈빛이 서늘할 정도로 차가워져 있었다.

제3장

# 악연과 인연 사이

퍼펙트
마이스터

 미도파 백화점 4층, 다른 층들과는 달리 이곳은 매우 고가의 옷들을 파는 곳이었다.

 그런 까닭에 다른 층들에 비해서 오가는 방문객들은 적었다.

 그렇다고 해서 아예 사람들이 없는 것은 아니었다.

 김춘추와 일행들.

 그리고 그 일행들을 저지하려는 정이선의 경호원들.

 비릿한 웃음과 탐욕스런 표정을 짓고 있는 정이선과 한 청년.

 "취소? 이 미친 새끼가, 지금 뭐라고 했어?"

 정이선이 김춘추의 반응에 순간 감정을 억누르지 못하

고 말했다.

"지금 옆에 계신 분은 이 미도파 백화점의 후계자인 신휘성 씨 아닙니까? 저희 일행들의 쇼핑백이 보이지 않습니까?"

김춘추는 정이선의 친구라 쓰고 똘마니라고 읽는 신휘성을 압박했다.

"그… 그게……."

신휘성은 김춘추의 말에 순간 당황했다.

그 순간 사람들의 이목이 신휘성에게 쏠렸다.

지금 이곳은 미도파, 미도파의 주인이라면 응당 고객을 보호해야 하는 것이 당연했다.

그러나 그에게 있어서 정이선은 최고의 VVVVIP였다.

할아버지에게 신신당부 받은.

하지만 눈앞의 청년과 일행도 양손 가득 미도파 쇼핑 종이백을 들고 있는 이상, 그것도 4층에서 쇼핑한 것이 역력해 보이는 이상 이대로 방치할 수도 없었다.

순간 신휘성은 아무런 말도 못하고 얼굴만 붉혔다.

"뭐, 저분 때문이라면 다시는 이곳에 오지 않겠습니다. 백화점이 어디 이곳뿐인가요?"

김춘추는 비릿하게 웃으면서 말했다.

그는 때로는 잔인하다.

제 역할 못하는 미도파 후계자 따위는 관심조차 없었다.

"너 지금 내 친구 협박했냐?"

정이선은 김춘추의 행동에 더 기가 막혔다.

그의 분노는 머리끝까지 타오르고 있었다.

"협박이라… 이 상황에서?"

김춘추가 빙긋 웃으면서 반말을 했다.

그에게 있어서 정이선은 더 이상 존대할 가치가 없었다.

여기까지 참은 이유는 단 하나.

적어도 현생에서는 정이선이 남들 눈에는 나이가 많다는 점이었다.

그런 만큼 김춘추는 자신보다 나이가 많으면 존댓말을 사용했다.

그것이 매순간 현생을 살아가는 데 현명한 지혜로 다가오기 때문이다.

하지만 그의 눈에 정이선 따위는 그저 치기 어린 어린애 모습으로만 보였다.

그리고 더 이상 존대할 가치조차 없는 녀석이었고.

"저 녀석 데려와!"

정이선이 움찔거리고 있는 경호원에게 큰 소리를 질렀다.

그 바람에 안 그래도 이쪽을 흘낏흘낏 쳐다보고 있는 사람들의 시선이 확 쏠렸다.

"미도파 후계자도 행패 부리는 자로부터 고객을 보호하지는 못 하나 봅니다."

김춘추는 신휘성을 한 번 힐끔 보고는 한숨을 쉬었다.

그때, 정이선의 경호원 두 명이 김춘추 옆으로 섰다.

"그냥 조용히 따라오시죠."

정이선의 경호원들, 이미 정이선의 행동과 패턴에 이골이 난 이들은 김춘추의 양팔을 하나씩 잡고는 낮게 으르렁거렸다.

최대한 빨리 이 소란을 끝내야 했다.

그것이 정이선을 쫓아다니는 경호원들의 역할.

뒤치다꺼리와 함께 정이선이 벌이는 소란을 빨리 잠재우는 것이 숙련된 그들의 몫이었다.

툭.

김춘추는 경호원이 자신의 양팔을 잡자 그와 동시에 그 힘을 이용해서 그대로 팔을 벌렸다.

순식간에 경호원들이 몸의 중심을 잃고 비틀거렸다.

투툭.

김춘추는 양손으로 번갈아 자신의 팔들을 털고는 무슨 일이 있었냐는 표정을 지어 보이면서 정이선의 앞으로 바짝 다가왔다.

순간 정이선이 주춤거렸다.

김춘추의 카리스마에 눌렸기 때문이다.

그러자 뒤에 남아 있던 다른 경호원이 황급히 정이선의 앞쪽으로 나서려고 했다.

"경호원들 뒤에 숨는 건 그만하지. 어서 이들에게 말해 봐. 오늘 나랑 어디서 만났더라."

김춘추가 조롱하는 듯이 말했다.

"뭐, 뭐어?"

정이선이 순간 당황했다.

"아마도 청와대에서 각하를 뵙는 자리였지? 가만있어 보자……. 맨 앞줄에 내가 서 있었고 너는 세 번째 줄인가? 그랬지, 세 번째 줄이 맞군."

김춘추가 능청스럽게 말했다.

청와대와 각하라는 말이 김춘추의 입에서 나오는 순간 주변에 있던 모두가 경악을 했다.

심지어 김춘추에게 당한 경호원들조차 서로 눈치를 보았다.

섣불리 정이선의 말대로 덤벼서 제압할 상대가 아니란 것을 깨달았기 때문이다.

정이선보다 더 무서운 것은 그 윗선이었다.

"점심은 여기서 먹었나 보지? 난 각하랑 오찬을 했는데. 언제 한번 청와대 밥 먹어 보구려. 진짜 맛있더라."

김춘추가 비꼬았다.

"이… 이……!"

정이선이 분노를 이기지 못해서 코를 벌렁거렸다. 그의 콧속에서 콧바람이 거세게 나오고 있었다.

그가 얼마나 열 받았는지 잘 알 수가 있었다.

"더 해 볼까? 그런데 어쩌지? 난 시간이 금이라 바쁘거든. 이만 가 볼게. 할 말 있으면 할아버지 통해서 해. 경호원 힘 믿고 덤비는 것보다는 할아버지 힘이 더 낫지 않겠어?"

김춘추는 말을 마치자마자 몸을 휙 돌렸다.

김한기의 얼굴이 싱글벙글 된 것은 당연하고…

이예화와 리디아 황녀의 표정도 밝아졌다.

그녀들도 바보가 아닌 이상 조금 전까지 자신들의 몸매를 위아래로 훑는 정이선의 음흉스러운 시선을 느끼지 못할 리가 없었다.

김춘추와 그 일행이 사라진 그 자리.

사람들은 정이선과 신휘성을 벌레 보듯이 쳐다보면서 지나갔다.

'김춘추, 이 자식이 감히 날!'

정이선이 양 주먹을 불끈 쥐었다.

얼마나 세게 쥐었는지 파란 힘줄이 튀어나올 정도였다.

태어나서 한 번도 이런 개망신을 당해 본 적이 없는 그였다.

자신은 남들을 농락하고 희롱해도, 절대로 자신은 당하면 안 되는 거였다.

그의 사고는 그런 식이었다.

◈ ◈ ◈

 오성그룹과 미래그룹은 지금 발칵 뒤집어졌다.

 비단 그들 그룹뿐만이 아니었다.

 오늘 청와대를 방문했던 그룹의 오너들이 자신들의 비서실장을 불러 난리 치는 상황이 전부 연출되었다.

 오성그룹의 이희철은 곧바로 이수호를 호출했다.

 이희철을 수행했던 비서가 이수호에게 상황을 보고하는 동안, 이희철은 무언가 생각에 잠겼다.

 "몸은 좀 어떠십니까?"

 비서에게 상황을 보고받은 이수호가 조심스럽게 이희철에게 물었다.

 "난 괜찮아. 김춘추라……. 어디선 본 듯한 얼굴인데."

 이희철은 고개를 갸웃거렸다.

 그가 김춘추를 본 것은 겨우 김춘추 나이 7살 때였다.

 당시의 상황이 아무리 쇼킹했다고 해도 그때의 어린아이와 지금의 김춘추를 연결해서 생각하기는 어려웠다.

 당시 관악산 꽃선녀의 손주, 이름조차 몰랐다.

 그때 출렁이던 신을 진정시킬 수 있었던 아이, 곧 박수무당이 될 가능성이 높은 아이로 여겼다.

 다만 박수무당조차 귀와 입이 멀쩡해야 할 수 있지 않은가. 타고난 아이의 천형이 안타깝다는 정도가 당시 그 기억의 전부였다.

"오성항공의 점유율을 떼 주라는 각하의 명령을 이행하실 생각입니까?"

이수호가 조심히 물어왔다.

"너의 선택에 달렸지."

이희철이 대답했다.

이수호는 그 말의 의미를 잘 알고 있었다.

이제 곧 오성그룹은 이수호가 공식적으로 총수 자리에 오르게 된다.

그렇게 되면 당연히 선대의 형제들과 자신의 형제들이 가만있지 않을 것이다.

그들이 납득할 수 있는 범위 내에서 적당히 고물을 나누어 주어야 했다.

오성항공보다는 오성건설 더 비전 있는 사업체였다.

똑똑.

"들어와."

이희철의 말에 비서실장이 서류를 들고 나타났다.

"명령하신 대로 김춘추의 약력에 관한 자료입니다."

"빠르군."

이희철이 흡족한 표정을 지었다.

"비서관이 바로 넘겨주었습니다."

비서실장이 웃으면서 말했다.

청와대 비서관들에게 평소 뇌물을 먹인 까닭에 그들은 매우 협조적이었다.

그러지 않고서는 이렇게 빨리 김춘추의 신원을 파악할 수 있을까.

이희철은 비서실장이 넘긴 서류철을 받아 쥐었다.

"이런……."

그와 동시에 그의 입에서 신음 소리가 흘러나왔다.

서류의 첫 페이지, 김춘추의 신상명세서에 할머니 박애자의 이름이 쓰여 있었다.

우연이 아니라면 분명히 그 어린애가 맞다.

게다가 19살.

고작 19살… 이란 것도 놀랐지만 그때 그 꼬마라니.

잘 커 봐야 박수무당이 될까 말까.

그조차도 힘들어 보이는 병신이었는데.

게다가 19살에게 도박을 하는 전세환의 의도가 언뜻 이해되지 않았다.

단순히 사우디 왕가와 친해서?

보고서에는 사우디 왕가의 최대 가문인 수다이지 가문의 왕자인 무함마드 왕자와 대단한 친분이 있다고 적혀 있었다.

이희철은 침묵을 한 채 보고서를 계속해서 읽어 내려갔다.

무함마드 왕자가 김춘추를 얼굴마담으로 내세워서 세운 다운스트림사에 대한 보고도 간략하게 써 있었다.

그 보고서에는 로열쉘이 장악하고 있는 나이지리아에서 그들의 구역을 한 군데 양보 받았다고 적혀 있었다.

물론 그 구역은 석유가 있다고 해도 퍼 올리는 값이 더 비싼 지역이었다.

그런 이유로 로열쉘이 다운스트림에게 일정의 거래를 통해서 양도한 것으로 되어 있었다.

그러니 다운스트림사에 관해서 김춘추에 대한 평가는 별로 없었다.

그것보다는 김춘추가 국내에 세운 사업에 관한 보고가 더 세세히 나와 있었다.

"어린 청년이 욕심은 많군."

이수희가 보고서를 읽고는 중얼거렸다.

"그런 면을 각하가 보신 거겠지."

이희철이 그런 이수희에게 말했다.

"각하의 허수아비가 되는 겁니까?"

"그 청년도 선택의 여지가 없을 거야. 국내 사업을 이토록 무모하게 하는 것은 아마도 무함마드 왕자의 파워를 등에 업고 이 기회에 크게 한몫을 벌겠다는 심산이겠지."

"각하께 당하겠군요."

이수희가 재빨리 대답했다.

"그럴지도, 아닐지도."

이희철이 애매하게 대답했다.

"무슨 뜻이신지?"

이수희가 물어 왔다.

"나도 한때 그런 시절이 있었지."

이희철이 추억이 떠오른다는 듯 지그시 눈을 감고 말했다.

그도 한때 열정적으로 사업을 하던 시기가 있었다.

군부의 실세와 손을 잡고.

그리고 하마터면 그 실세에 그룹을 전부 먹힐 뻔하기도 했다.

하지만 그는 용케 해외의 힘을 이용해서 그 균형을 잡았고, 엄청난 뇌물과 함께 군부의 실세 마음을 살살 돌려놨다.

하지만 그는 보았다.

괜찮은 기업들이, 한창 일어서는 기업들이 군부의 실세 휘하에 들어가는 것을.

지금까지 그런 기업들이 꽤 많았다.

바지사장들.

"그 아이가 그 아이로구나."

이희철이 중얼거렸다.

이수희는 아버지의 말씀에 영문을 몰라 했다.

"용찬이를 불러와."

이희철이 비서실장에게 지시를 내렸다.

그와 동시에 이수희의 미간이 살짝 찌푸려졌다.

"아버지, 굳이 점술사를 부르실 필요는 없잖습니까?"

이수희는 어렸을 때부터 점술사를 대동하고 다니던 아버지가 못마땅했다.

인재를 뽑는 자리에도 점술사를 대동했으니.

그의 이런 기이한 행적에 관해서는 항간에도 말이 많았다.

물론 그 점술사 덕에 이수희 자신이 정식 후계자가 되는 데 도움을 받긴 했지만, 그 자신은 미신 따위 믿지 않았다.

"아니야, 이번엔 꼭 필요해. 너와 네 그룹을 위해서라도."

이희철의 눈빛이 강하게 출렁거렸다.

그의 생애, 마지막.

온갖 부귀영화를 전부 누리고 하고 싶은 일도 다 이뤄 낸 생애 마지막, 모든 것이 허망해지고 죽음을 목전에 두고 있는 이때.

그의 호기심을 불러일으키는 존재를 만났다.

과연 이 존재가 한낱 권력자의 손아귀에 사라질지.

아니면 자신과 같은 거물로 대한민국 경제에 우뚝 설지는 아직 모른다.

하지만 만약 후자라면…

필시 이수희를 압박하는 그룹으로 성장할 게다.

그 자신이 그래 왔으니.

이희철의 얼굴에 순간 깊은 근심이 몰려왔다.

어떤 결과이든 그에게 좋지 않았다.

아니, 오성에게는 좋은 일이 아니었다.

어린 싹을 잘라 절대 권력자의 손에 갖다 바치는 것이 현재로서는 가장 좋은 선택이었다.

하지만 과거에 본, 어린 김춘추의 모습이 이상하게 그의 가슴을 찌르고 있었다.

"와, 그 아저씨 완전 변태야."

이예화가 여전히 분이 풀리지 않는지 집으로 오는 차 안에서 내내 떠들었다.

"네가 예뻐서 그래… 하……."

김한기가 마음에도 없는 소리를 했다.

하지만 이내 입을 다물었다.

사실 그는 리디아 황녀의 미모 때문에 그 작자가 달라붙었다는 말을 하려고 했다.

하지만 이내 눈치챈 김춘추의 눈짓에 말을 삼켰다.

"아, 그런가?"

그것도 모르고 이예화의 볼에 순간 홍조가 생겼다.

그 장면을 리디아 황녀가 못 볼 리 없었다.

"언니 미모가 백화점에서 제일 으뜸이었어요."

눈치 빠른 리디아 황녀가 이예화를 칭찬하면서 환하게 웃었다.

"너까지 추켜세울 필요는 없는데……."

이예화는 그렇게 말하면서도 기분이 좋은지 싱글벙글거렸다.

'제법 눈치도 있고, 황녀의 신분에 연연하지 않는 소탈한 면도 있군.'

김춘추는 리디아 황녀에 대해서 새삼 다시 평가했다.

낯선 세계에, 아무리 자신의 의지로 왔다고는 하지만 적응하는 데는 어려울 줄 알았다.

그런데 오히려 빠른 속도로 적응하고 있었다.

'황녀에 대해서는 크게 걱정 안 해도 되겠군.'

"모처럼 쉬는 날, 별꼴 다 당하네."

김한기가 투덜거렸다.

"5층을 올라갔어야 했는데. 거기 신기하고 예쁜 그릇과 가구들이 잔뜩 있다고 들었는데."

김한기의 말에 이예화가 생각났다는 듯이 투덜거렸다.

"그릇과 가구요?"

리디아 황녀의 눈도 반짝거렸다.

"삼촌, 우리 다시 가요."

이예화가 속상하다는 듯이, 그러면서도 김한기의 얼굴을 애절한 표정으로 바라보았다.

이미 김한기를 어떻게 다뤄야 하는지쯤은 이예화도 알고 있었다.

물론 필요할 때만 이런 표정을 보이지만.

"내일 다시 갈까?"

김한기가 두 아가씨의 쇼핑 중독을 그새 새까맣게 잊고는 대답했다.

"우왕, 역시 한기 삼촌 최고다."

이예화가 엄지까지 치켜세우면서 말했다. 그러고는 김춘추에게 시선을 돌렸다.

"춘추야, 너도 내일 갈 거지? 한기 삼촌이 내일 한가하신 걸 보니 너도 시간 나지 않아?"

"난 내일 오스트리아 가는데."

김춘추가 딱 잘라 말했다.

"으잉? 날 두고 오스트리아에 가?"

그의 말에 김한기가 물었다.

"친우가 오라고 해서. 벌써 1년 전부터 약속했던 일인데, 내일 아니면 당분간 중동 방문이다 뭐다 해서 갈 수가 없을 것 같아서."

김춘추가 말했다.

"나도 간다."

"우리도 갈래."

김한기의 말에 이예화와 리디아 황녀가 합창하듯이 말했다.

"황녀님은 신분증을 만들어야 하니 안 되고요, 예화 너는 학교 가야지. 한기 삼촌은 한가할 때 가족들에게 얼굴 비추어야죠."

김춘추가 딱 잘라 말했다.

"싫어!"

세 사람이 동시에 소리쳤다.

오스트리아 빈, 인터컨티넨탈 호텔, 새벽.

김춘추는 침대에서 일어나 간단한 스트레칭을 한 뒤 가부좌 자세를 잡았다.

세계 어느 곳에 있던지 기상 후 꼭 하는 그만의 습관이었다.

간단한 스트레칭을 통해서 밤새 억눌려 있던 그의 몸을 깨우고 털어 준다.

별거 아닌 것 같지만 스트레칭 하나만 잘해도 웬만한 영양제 먹는 것 같은 효과를 볼 수가 있었다.

스르륵.

명상을 하기 위해서 김춘추는 눈을 감았다.

순간 그의 뇌리에 마치 홀로그램처럼…

그 자신도 인지 못하는 상황이 영사기처럼 펼쳐졌다.

"도와주세요. 제발."

"왜 도와야 하지?"

"당신은 나에게 빚이 있어요."

"내 기억에도 없는 빚을 받으려 하다니."

"언젠간 아시게 될 거예요. 그때 후회하지 않기 위해서 지금 나를 도와주세요."

"대단한 협박이군."

"불쌍한 여자의 거짓말이라고 여겨도 상관없어요. 도와주신다면……"

"……"

번쩍.

그가 눈을 뜨자 방금 전 보았던, 뇌리에서 느껴졌던 영상과 소리가 한순간에 사라졌다.

심지어 여인의 모습도.

그리고 시큰둥하게 대답하던 사내도.

하지만 여자의 마지막 말이 김춘추의 뇌리에 맴돌았다.

'불쌍한 여자의 거짓말이라고 여겨도 상관없어요. 도와

주신다면······.'

'이부칸 이후 처음 기억나는 말이군.'
 김춘추는 자신도 모르게 쓴 미소를 지었다.
 확실히 이번 생은 이상하다.
 뭔가가 틀어져 있어도 단단히 틀어져 있었다.
 물론 제3의 눈이 있으니 그가 원치 않아도 영감이 활발하게 움직이는 것은 사실이다.
 주로 그 힘은 티페우리우스 엘 칸과 대화를 하거나 위험을 예지하는 쪽에 활용되긴 한다.
 남들보다 시야를 넓게 보고, 생각하는 힘이 강하고, 사물의 본질을 깨닫고 원리를 이용해서 전체를 확산하는 힘도 따지고 보면 제3의 눈이 개안된 이후 장족의 발전을 했다.
 하지만 그 제3의 눈으로도 보이지 않는, 단단히 비틀어져 있는 이상한 기류가 그를 중심으로 회오리 치고 있었다.
 알 수가 없다.
 하지만 걷는 것을 포기하지 않는다.
 왜?
 이번 생, 그가 제대로 살아 보기로 마음먹었으니.
 마음먹은 이상, 걸어오는 싸움이든 다가오는 위험이든 피하지 않는다.
 스읔.

김춘추는 가볍게 머리를 흔들고는 조식을 하러 2층으로 내려갔다.

2층 카페에는 가볍게 먹을 수 있는 에그 스크램블, 다양한 종류의 소시지들과 각종 향긋한 빵과 잼, 버터들이 은빛 쟁반 위에서 준비되어 있었다.

그리고 호텔 내 묵고 있는 손님들이 여기저기 전망 좋은 자리를 찾아서 앉아 음식들을 먹고 있었다.

아주 간혹, 호텔방에서 걸치는 하얀 가운을 그대로 걸친 채 내려와 식사를 하려는 사람들이 있었다.

불행히도 그들의 말소리를 들어 보건대 한국인과 중국인들이었다.

물론 웨이트리스나 웨이터가 그들에게 다가가 조용히 옷을 갈아입어 줄 것을 전하긴 했다.

"얘가 뭔 말을 하는 거야?"

"그냥 고개 끄덕거려."

김춘추의 바로 옆 테이블, 호텔 방에서만 입는 하얀 가운을 걸친 채 식사를 하는 한국인 중년 부부.

두 사람의 목에는 족히 열 돈을 할 것 같은 금목걸이, 손에는 역시 찬란한 금빛을 내는 금반지 등이 자태를 뽐내고 있었다.

당연히 호텔 웨이트리스가 다가와 옷을 갈아입어 줄 것을 정중히 요구했지만, 부부는 영어를 전혀 할 줄 몰랐다.

부부의 가이드는 아침 9시에 호텔 로비에서 만나기로 되어 있었다.

조식 시간에 특별한 일이 생길 가능성이 전혀 없었기 때문이다.

하지만 안타깝게도 부부의 몰상식한 태도가 논란을 만들어 왔다.

"Change, Change……."

오죽하면 웨이트리스가 옷을 가리키면서 가장 간단한 영어를 사용했다.

그녀의 얼굴에는 답답함이 가득 찼다.

"알았어, 알았으니 휘둥이는 꺼져!"

남편은 상대가 한국말을 못 알아듣는 것을 이용해서 막말도 서슴지 않았다.

그러나 여전히 자리에 앉아 있는 것으로 보아서는 가장 간단한 영어 단어조차 못 알아듣는 것으로 보였다.

이쯤 되고 보니 옆 테이블에 앉아 있던 김춘추도 개입을 안 할 수가 없었다.

"실례합니다. 호텔 방 외에는 하얀 가운을 걸치고 호텔 안을 돌아다닐 수가 없습니다. 저분께서는 옷을 갈아입고 오시라고 정중하게 말씀하시네요."

"아……."

김춘추의 말에 여자가 신음 소리를 내면서 얼굴이 빨개

진다.

"그걸 내가 모르나. 하얀 가운도 옷인데. 흰둥이 녀석들이 지들 마음대로 규칙을 정하는 거지. 내 돈 내고 먹고 묵는다는데 웬 참견이냐고 전해 주슈!"

남자는 오히려 자존심이 상했는지 더 큰 소리로 떠들었다.

"그냥 조용히 올라가시죠. 지금 올라가지 않으면 이들이 경찰을 부를 겁니다. 저기 입구 쪽에 서 있는 매니저 보이시죠? 그의 눈이 자꾸 전화기 쪽과 이쪽을 번갈아 보고 있네요. 지금 올라가지 않으시면 더 큰 망신을 사게 될 것 같습니다."

김춘추가 나직한 목소리로 위협적으로 말했다.

그러자 아내인 여자가 당황하면서 남편의 손을 잡고 일으켜 세웠다.

"여보, 올라가자. 경찰이 온다잖아."

"으음, 험! 형씨, 내가 그까짓 경찰이 무서워서 올라가는 게 아니야."

남자는 여전히 허세를 부리면서 아내의 손에 못 이기는 척 하면서 일어났다.

그러고는 아내보다 더 빨리 허둥지둥 2층 카페를 벗어났다.

그 덕에 카페 안이 다시 조용함을 찾았다.

한국말을 모르는 웨이트리스는 감사하다는 인사를 하면서 그 자리를 떠났다.

그때, 김춘추의 앞으로 나이 들어 보이는 부부가 다가왔다.

역시 한국인들이었다.

"방금 전 대화를 잘 들었습니다. 한국인이시네요. 반가워요. 제 이름은 최연희라고 합니다."

"……?"

김춘추는 자신의 이름을 소개하고 있는 여인과 그 남편을 번갈아 쳐다보았다.

그들이 누구인지 알고 있었다.

영화감독 신민옥과 당대 최고의 여배우였던 최연희.

자진 월북과 납치설의 주인공.

"같은 동포로서 동무의 자랑스런 처리에 감동을 받아서 함께 식사하고자 합니다. 앞에 앉아도 되겠습니까?"

신민옥 감독이 다소 뻣뻣한, 그리고 누군가 들으라는 식의 북한식 말투를 사용했다.

'뭔가 있어.'

누구보다 감이 좋은 김춘추였다.

그는 가만히 고개를 끄덕였다.

그러자 신민옥 감독과 최연희의 얼굴에서 더욱 긴장하는 빛이 스쳐 지나갔다.

예사롭지 않은 일에 휘말리게 될 것이 뻔했다.

그의 직감은 한 번도 이런 일에 틀리지 않았으므로.

달그락.

접시를 잡고 있는 최연희의 손가락이 부들부들 떨리고 있었다.

하지만 여배우답게 그녀의 표정은 평온했다.

"어떻게 경찰을 부를 생각을 했죠?"

최연희가 김춘추를 떠보듯이 물었다.

"원래 한국인들이 그렇습니다. 허세를 부리다가도 절대 권력 앞에서는 한 방에 무너지죠."

김춘추는 쓴 미소를 지었다.

"남한 사람들이 좀 그렇습니다."

신민옥이 맞장구를 치듯이 대답했다.

김춘추는 그저 고개를 끄덕이고는 식사에 집중했다.

"젊으셔서 그런가……. 혹시 우리 본 적 없으세요?"

최연희가 도박하는 심정으로 물었다.

"압니다. 신상옥 감독님과 여배우 최연희 님."

김춘추가 솔직하게 대답했다.

"호호, 우리가 별로 인기가 없나 봐요. 하긴 이런 쭈구리 할머니를 만났으니 뭐가 좋겠어요."

최연희가 말했다.

"아닙니다. 제가 그쪽으로는 관심이 없어서 그렇기도 하고, 외국까지 나와서 사생활을 원하는 배우 입장에서는 알은척하는 사람 만나는 것보다 재수 없는 일도 없으니깐요."

김춘추가 웃으면서 대답했다.

"허허허, 젊은이가 아주 우리 기분 좋게만 말하는군."

신민옥 감독이 너털웃음을 터트렸다.

방금 전까지 긴장을 하고 있던 그의 표정이 한결 나아 보였다.

최연희가 가만히 남편의 손에 자신의 손을 포갰다.

그녀의 직감은 이 젊은이가 자신들을 도와줄 수 있을 거라고 알려 오고 있었다.

절대 북한의 첩자 따위를 할 젊은이가 아니었다.

그녀의 직감은 그렇게 말해 오고 있었다.

신민옥 감독이 다른 한 손을 들어 포개진 아내의 손 위에 얹었다.

동의한다는 그들만의 표현이었다.

최연희가 입술을 부들부들 떨면서 김춘추에게 낮게 속삭였다.

"불쌍한 여자의 거짓말이라고 여겨도 상관없어요. 도와주신다면⋯⋯. 이 빈 어딘가에 일본 교토통신 특파원 에노카 아키라가 묵고 있어요. 그를 불러내어 우리에게 연락하게 해주세요. 오늘 점심, 아니 저녁이라도 같이 먹자고 부⋯ 부탁드려요."

"……!"

김춘추는 무슨 섬광을 맞은 것처럼 큰 눈을 동그랗게 떴다.

하지만 이내 침착함을 되찾았다.

최연희가 어떤 심정으로 이런 말을 했는지…

그리고 주변에서 자신들을 엿보고 있는 북한 공작원이 있다는 것쯤은 이미 알고 있었으니.

'불쌍한 여자의 거짓말이라고 여겨도 상관없어요. 도와주신다면…….'

'어떻게 이 말이 이렇게 나올 수 있지?'
김춘추는 속으로 생각했다.

그러고는 자신의 테이블 위에 놓여 있던, 식탁보로 쓰이는 종이를 최연희에게 내밀었다.

"유명하신 분을 뵙게 되어 영광입니다. 여기 사인을 부탁드립니다."

최연희는 사인을 요구하는 김춘추의 돌발 태도에 깜짝 놀랐다.

하지만 이내 그의 눈썹이 연거푸 깜짝이는 것을 깨달았다.

승낙의 의미.

'도박해도 되겠어.'

최연희가 속으로 생각했다.

휘리릭.

신민옥 감독과 최연희는 종이 위에 두 사람의 이름을 크게 갈겨썼다.

"만나서 영광이었습니다. 그럼 저는 이만."

김춘추가 사인이 담긴 종이를 접어 들고는 자리에서 일어섰다.

"난 한 번 더 먹어야겠소."

신민옥 감독은 그렇게 말하고는 자리에서 일어섰다.

카페 밖을 나서는 김춘추의 뒤에서 신민옥 감독의 염려스러운 눈길이 느껴졌다.

아니다 다를까.

그들을 감시하던 북한 공작원, 40대의 사내가 엘리베이터 앞에 서 있는 김춘추에게 다가왔다.

"그 종이 좀 볼 수 있을까?"

"왜 보려고 하지? …여기 있어요."

김춘추는 이 상황이 이상하다는 듯이 중얼거리고는 이내 종이를 내밀었다.

종이 위에는 그저 신민옥과 최연희의 사인만 있을 뿐, 특별한 게 없었다.

"됐소."

북한 공작원은 그렇게 말하고는 다시 신민옥 감독과 최연희가 있는 곳으로 돌아갔다.

"안 들켰군."

김춘추는 자신의 허리춤에 있는 그것을 떠올리며 안도의 한숨을 자신도 모르게 쉬었다.

그 이후는 안 봐도 뻔히 알고 있었다.

부부에게 김춘추가 발설했다면서 찔러 보겠지.

두 사람이 종이 식탁보 위에 사인을 할 때 이미 김춘추가 그들만 들을 수 있게 이런 상황이 될 수 있음을 알려 주었다.

김춘추는 그길로 서둘러 호텔 밖을 나섰다.

어제 독일에 들르느라 밤늦게 오스트리아 빈에 도착해서 만나지 못한 자신의 지인, 친우가 묵고 있는 호텔로 향했다.

친우는 기꺼이 자신의 정보망을 이용해서 일본 특파원을 찾아내 주었다.

김춘추는 일본 특파원에게 신민옥 감독과 최연희의 사인을 보여 주었다.

그리고 적극적인 협조를 부탁했다.

일본 특파원 에노카 아카라가 신민옥 감독에게 연락을 취하고 세 사람은 점심을 함께 하기로 했다.

에노타 아카라는 김춘추가 시킨 대로 부부를 호텔 밖에 서 있게 했다.

그리고 자신이 탄 택시 안에 부부를 동승시켰다.

그 순간, 그들을 미행하던 북한 공작원은 당황해하면서 마침 대기하고 있던 다른 택시를 타고 그들 뒤를 쫓으려고 했다.

하지만 호텔 도어맨에 의해서 제지당했다.

승강장에서 순서를 기다리라는 말과 함께.

사실 호텔 도어맨도 이미 김춘추가 사전에 포섭을 했다.

신민옥 감독과 최연희는 자신들이 북한에 의해서 납치된 것임을 호소하면서 에노카 아키라의 협조를 구했다.

물론 그는 미국 대사관으로 택시의 방향을 바꾸었다.

미국 대사관 정문.

에노카 아키라와 일행을 확인한 미국 병사는 재빨리 문을 열어 주었다.

"아, 사… 살았어요."

최연희가 택시에서 내리자마자 흐느꼈다.

신민옥 감독이 그런 최연희의 어깨를 조용히 감쌌다.

그의 손마저 떨리고 있었다.

그들이 겪었던 공포와 그 끝을 맞이한 감정이 고스란히 그 자리에서 있던 이들에게 전해져 왔다.

김춘추와 그의 친우, 그리고 오스트리아 주재 미국 대사와 CIA 요원은 조용히 이 광경을 바라보았다.

그들 모두 이 순간 가슴 깊은 곳에서 감동이 밀려오고 있었다.

"젊은이, 고맙습니다."

신민옥 감독이 김춘추를 발견하고는 자신보다 훨씬 어린 그를 향해서 허리를 깊게 숙여 인사를 했다.

최연희는 아예 그 자리에서 바닥에 엎드려 절을 하려고 했다.

김춘추는 황급히 부부를 제지했다.

하지만 그의 가슴속에서 뭉클함이 솟아났다.

사실 자신과는 상관도 없는 일에 나서는 타입이 절대 아니었다.

꿈속에서 들었던 그 마지막 말이 머릿속에 맴돌지 않았더라면…

김춘추는 과연 이들 부부를 구했을까?

그건 모르겠다.

김춘추는 확신할 수가 없었다.

하지만 이것 하나는 분명히 알고 있다.

이 부부를 구해서 정말 다행이다.

"이것은 돌려드리겠습니다."

김춘추가 최연희에게 소형 녹음기를 내밀었다.

"돌려주시지 않아도 돼요. 이 자리에 있는 것만으로도 행복합니다."

최연희가 환희의 눈물을 흘리면서 말했다.

"그래도 남편분의 억울함은 푸셔야죠."

김춘추가 싱긋 웃었다.

최연희가 김춘추에게 사인을 해 준 뒤 종이와 함께 몰래 준 녹음기였다.

이것은 일종의 도박이었다.

부부가 녹음기를 들고 호텔 문을 나설 수가 없었기 때문이다.

하지만 그들 부부의 억울함을 풀기 위해서 녹음기는 꼭 필요했다.

아니, 녹음기가 없었다고 쳐도 이미 그 부부는 한국인에게 도움을 요청한 순간 사생의 기로 위에 있었다.

자신들이 요청한 한국인이 북한 공작원이었거나, 조총련계의 재일교포였다면 그들의 목숨은 끝난 것과도 같았다.

어쨌거나 도박이니.

최연희는 처음 만난 김춘추를 믿었다.

나이답지 않은 침착함과 그들이 목격했던 그의 기지.

북한 공작원이 찔러 볼 수 있으니 절대로 도움을 요청했다고 시인하면 안 된다고 사전에 당부한 것도 김춘추였다.

저 나이에 어떻게 저렇게 현명할 수 있는지.

그리고 소형 녹음기에는 북한 최고 지도자의 음성이 43분에 걸쳐 담겨 있었다.

항간에 신민옥 감독은 자진 월북했을 것이라는 말이 많

왔다.

하지만 그 소형 녹음기에는 북한 최고 지도자가 직접 부부의 납치를 지시한 내용이 담겨 있었다.

"어떻게 은혜를 갚아야 할지……."

최연희가 눈물로 마스카라가 얼룩져 까매진 눈을 닦으면서 물었다.

"이거면 충분합니다."

김춘추는 최연희의 눈가에서 여전히 흘러내리는 새까매진 눈물을 훔치듯이 닦으면서 말했다.

"허허, 자네는 똑똑하면서 유머까지 갖다니. 이거 반칙인걸."

여태껏 그 광경을 보고 있던 김춘추의 친우 영국 황실의 둘째 왕자 앤더슨이 환한 표정을 지으면서 말했다.

"잘 부탁해."

김춘추가 앤더슨 왕자를 보면서 싱긋 웃었다.

"대신 우리 거래 잊지 마."

앤더슨 왕자가 득의양양한 표정을 지었다.

오스트리아 주재 미국 대사관이 신민옥 부부에게 문을 열어 준 것도…

그리고 CIA 요원이 이 자리에 있는 것도 김춘추의 부탁을 받아 앤더슨 왕자가 나섰기 때문이다.

"너무하네."

김춘추가 장난스럽게 말을 하면서 웃었다.
'이것으로 한 번은 따라가야 하는가.'
그는 앤더슨 왕자, 친우를 바라보았다.
그가 자신에게 하려는 부탁이 무엇인지 이미 알고 있었다. 수차례 그가 말했으니.
황금여명회.
그 이름의 무게가 어떤 건지 그도 잘 알고 있었다.

제4장

# 황금여명회와 임무

## 퍼펙트 마이스터

 그곳은 그윽한 조명만이 실내를 밝혀 주고 있었다.

 하지만 어두운 조명 아래에서도 실내를 장식하고 있는 가구들이 얼마나 고급스러운 것인지 한눈에 알 수 있었다.

 은은한 샹들리에에 박혀 있는 투명한 그것들은 다이아몬드가 틀림없었다.

 한마디로 이 성의 주인이 얼마나 부자인가를 엿볼 수 있는 단면이기도 했다.

 어디 그것뿐인가.

 실내를 가리는 두꺼운 커튼에 수놓아 있는 황금빛 역시, 그것이 금사임을 알 수 있었다.

 김춘추는 낯선 이의 손에 이끌려 안대를 한 채로 지금 이곳에 서 있었다.

스르륵.

안대가 벗겨지고.

그의 앞에는 황금빛 물결이 출렁이는 샴페인이 긴 튤립 모양의 잔에 따라져 있었다.

그 덕에 그 아름다운 기포를 감상할 수 있었다.

샴페인을 들고 서 있는 자, 사내의 몸에서 대단히 고강한 기품이 느껴졌다.

그냥 서 있는 단순한 자세임에도 불구하고 그의 온몸에서 기품과 자부심이 철철 넘쳐흐르고 있었다.

"반갑네."

사내, 찰스 다윈이 김춘추를 향해서 손을 내밀었다.

"반갑습니다. 김춘추입니다."

김춘추가 고개를 끄덕였다.

"듣던 대로군."

찰스 다윈이 자신의 눈앞에 서 있는 어린 청년을 바라보았다.

청년은 이제 겨우 19세였다.

하지만 그가 가지고 있는 학위들은 그의 능력이 얼마나 대단한지 보여 주고 있었다.

게다가 그 학위가 전부 미 하버드, M.I.T, 스탠포드, 영 옥스퍼드…….

게다가 인문학에서 공학까지 그 범위가 다양했다.

찰스 다윈은 그의 프로필을 보는 순간, 그가 적임자라고 생각했다.

이 청년은 다양한 학위를 따면서도 그 선을 넘지 않는다.

다양한 교류와 다양한 공부.

그리고 현재 벌이고 있는 다각도의 사업은 단지 경험을 쌓는 것에 불과할 것이란 생각에 미치기까지 했다.

영국 왕족 특유의 까칠함과 오만이 누구보다 강한 앤더슨 왕자가 신뢰하고 믿는 사람으로 단연 으뜸으로 뽑는 친우라고 했다.

그가 한 말이니 김춘추의 신원은 보장된 셈이나 마찬가지였다.

의외로 문제는 이 청년이 자신들의 초대를 거부한다는 것에 있었다.

그렇다고 이곳과 같은, 혹은 경쟁 단체에 가입되어 있는 것은 아니었다.

여러 차례 신중하게 조사를 했으니.

찰스 다윈은 자신을 바라보는 청년의 눈을 가만히 응시했다.

이제 갓 19살 청년의 눈이 저토록 깊을까.

쉰이 넘은 그 자신조차 저런 눈빛에 다가가지 못했다.

깊다, 너무도 깊다.

그 눈빛은 아주 오랜 삶을 살아서 지니는 노인의 혜안이었다.

찰스 다윈은 그런 눈빛을 가지고 있는 스승을 떠올렸다.

프란츠 바르센, 헤르매스학 입문 저자이자 위대한 자연요법 치유사이자 스테이지 마법사.

그의 말년에 찰스 다윈은 만났다.

그는 두고두고 조금만 더 스승을 일찍 만났더라면, 하는 아쉬움을 두고 살아가고 있었다.

아니, 스승이 고작 쉰에 이르는 나이에 이 세상을 하직할 줄은 몰랐다.

이제 그도 스승과 같은 나이, 쉰이 되었다.

그래서 더욱 이 청년의 눈을 보면서 스승을 떠올리는지도 모르겠다.

올해 유독 스승이 떠오른다.

그리고 그 재현은 이 청년의 눈을 통해서 이루어지고 있음을 찰스 다윈을 느끼고 있었다.

부르르.

황금빛 물결이 찰랑거리면서 급격하게 떨려 왔다.

찰스 다윈의 눈동자 역시 마찬가지였다.

"닮았군."

"……."

찰스 다윈의 말에 김춘추는 침묵했다.

지금 자기 앞에 서 있는 저 고귀한 귀족은 자신을 통해서 누군가를 떠올리고 있었다.

굳이 입으로 말하지 않더라도 그의 눈동자가 그렇게 말해 주고 있었다.

"이거 손님을 앞에 두고 실례가 많군."

김춘추의 침묵에 찰스 다윈이 고개를 끄덕이면서 말했다.

"본론으로 가도 되겠습니까?"

김춘추가 단도직입적으로 물었다.

"들은 대로군."

찰스 다윈이 그럴 줄 알았다는 듯이 말했다.

"이런 곳은 성미가 안 맞아서요."

김춘추가 싱긋거리면서 대답했다.

그의 말은 진심이었다.

그가 오랜 세월 동안 살아오면서 이런 은밀한 단체들, 세상에 영향을 미치는 권력자들의 모임이나 수수께끼를 좋아하는 자들의 모임 참여에 대한 권유를 받아 보지 않은 것이 아니었다.

하지만 그는 생리적으로 거부감이 있었다.

"뭐, 좋네. 사실 자네가 제 발로 오지 않았어도 우리는 자네를 이곳에 오게 만들었을 걸세."

"앤더슨 왕자가 그렇게 놔두지 않을 텐데요."

찰스 다윈의 말에 김춘추가 반박했다.

"사실 그렇긴 했지. 원래대로라면 앤더슨 왕자가 자네에게 이 단체에 관해서 말을 꺼냈을 때 이미 게임 오버였지."

"앤더슨 왕자가 1년은 버텼군요."

김춘추가 말했다.

"그렇긴 하지. 이곳에 온 이상 자네에게는 딱 두 가지 선택만이 존재하네."

"흠… 이래서 오기 싫었는데."

김춘추가 찰스 다윈을 바라보았다.

그리고 이곳이 어떤 곳인지 다시 한 번 떠올렸다.

황금여명회.

고대 지구를 수호하는 자들에게서 시작되었다는 비밀 조직. 일종의 비밀 결사단이었다.

결사단원들은 '지구 수호'라는 대의 앞에 고대로부터 지금까지 그 명맥을 잇고 있었다.

말이 고대로부터지, 절대 쉬운 일은 아니었다.

그만큼 결사단원들의 결집력은 매우 강했고, 그 정보망은 방대했다.

그리고 조직의 힘은 전 세계에 뻗어 있었다.

물론 결사단원들의 수가 많은 것은 아니었지만 그 한명 한명이 각 나라를 대표하는, 품위와 명예로운 자들 중에 비밀리에 선출되었다.

그런 만큼 황금여명회의 단원이 된다는 것은 매우 영광

스러운 일이었다.

18, 19세기 들어서 황금여명회뿐만 아니라 시온기사단, 장미십자가, 프리슨우드 등 각종 신비주의와 그와 관련한 집단들이 속속들이 드러나고 있었지만 단원들에 대한 신원은 절대적으로 비밀 유지가 되고 있었다.

하지만 지금 김춘추는 적어도 두 명의 황금여명회 단원들 이름을 안다.

영국 앤더슨 왕자와 오스트리아 찰스 다윈.

그것이 의미하는 바는 매우 컸다.

쉽게 이 자리를 벗어나지 못한다는 것을 의미했다.

김춘추는 이미 그것을 알고 왔고.

그 대가를 지불할 용의가 있었다.

"두 가지가 있네."

"말씀하십시오."

찰스 다윈이 김춘추의 얼굴을 슥 보고는 자신의 옆에 놓여 있는 짙은 밤빛의 책상 서랍을 열었다.

그리고 서랍 안에서 두 개의 봉투를 꺼내 들었다.

하나는 황금색이고 다른 하나는 보라색이었다.

"선택하게."

"제가 무엇을 선택하면 됩니까?"

김춘추의 질문에 찰스 다윈이 봉투에 대해서 설명했다.

"금색은 황금여명회 예비 단원들이 거치는 시험이라네.

이곳은 자신의 능력을 증명해야 하지. 단순히 돈 많고 명예롭고 똑똑한 것만으로는 가입할 수 없네. 뛰어난 상상력과 문제 해결력 등이 수반되지."

"그다지 어렵지 않은 문제 같군요."

김춘추가 찰스 다윈의 말에 금색 봉투를 보면서 말했다.

"제법이군. 사실 그러네, 그렇게 어렵지는 않지. 문제는 보라색 봉투일세. 이곳의 존재를 알면서 입단을 거절한 자들이 반드시 치러야 할 대가네."

"쉽지 않게 들리는데요?"

"과거엔 그냥 암살했는걸."

찰스 다윈이 웃으면서 말했다.

그는 사실을 말하고 있었다.

좋든 싫든.

황금여명회의 단원으로 지명을 받았다는 것은 본인의 의사와는 상관없이 결정됨을 뜻했다.

사실 그 누가 이 고대 비밀 조직의 권유를 무시할까.

그 덕으로 받는 그 찬란한 문화유산의 향연, 그 유혹을 물리칠 수나 있을까.

"제 답은 정해져 있습니다."

김춘추가 단호하게 말했다.

"음… 앤더슨 왕자의 말대로군. 서로 거래가 성립된 걸로 하세."

찰스 다윈이 김춘추를 보면서 몹시 아까운 표정을 지었다.

스승의 눈빛을 담은 청년.

앞으로 그 미래가 너무도 보고 싶은 청년을 이대로 자신의 옆에 두고 스승이 그랬던 것처럼 자신도 이것저것 자신이 받은 유산들을 가르치고 싶었다.

언젠간 스승이 말했다.

때가 되면 가르치고 싶은 자가 생긴다고.

조급하게 아무나 붙잡고 문화유산을 남기려고 애쓰지 말라고 했다.

그 말이 이제는 이해가 되었다.

"여기 있네."

스윽.

찰스 다윈은 미련이 가득한 눈빛으로, 그러나 지체하지 않고 보라색 봉투를 들어 김춘추에게 넘겨주었다.

이런 자들은 한 번 결정하면 뒤돌아보는 법이 없으니.

인연이라면 언젠간 오리라.

"지금 열어 봅니까?"

김춘추가 물었다.

"그러게."

찰스 다윈의 말에 김춘추는 지체 없이 봉투를 열었다.

### 〈챌린저 우주왕복선 폭발 사고〉

봉투 안에서 나온 종이에는 그것만이 적혀 있었다.
"이게 뭡니까?"
"설명해 주지. 따라오게."
찰스 다윈이 김춘추를 다른 방으로 안내했다.

회의실이었다.
그리고 그곳에는 먼저 온 한 여자가 있었다.
대략 20대 초반.
"소개하지. 이쪽은 크리스티나."
찰스 다윈의 말에 김춘추가 다가가 인사를 건넸다.
"반갑습니다. 김춘추입니다."
"소개받은 크리스티나예요."
크리스티나는 밝은 목소리로 김춘추에게 인사했다.
"이쪽은 금색 봉투를 집었네."
찰스 다윈이 말했다.
"입단식은 쉬운 거라면서요?
김춘추가 이해가 안 된다는 듯이 물었다.
"그렇지. 그러니까 쉬운 일은 이 아가씨가 하고 침투는 자네가 할 걸세."
찰스 다윈이 씨익 웃었다.

"설명하시죠."

김춘추가 자리에 앉으면서 말했다.

"본론을 좋아하는군."

찰스 다윈이 고개를 끄덕이고는 말했다.

그의 설명은 이랬다.

올 1월 28일에 있었던 챌린저 우주왕복선 폭발 사고는 단순히 기계 결함이나 오류가 아니라는 것이었다.

소련 첩보원 KGB가 연루되어 있다는 것이었다.

임무는 나사에 연루되어 있는 KGB 요원을 색출하고 그 증거를 가지고 오는 것이었다.

"CIA 요원들이나 007 요원들이 하는 일 아닙니까?"

김춘추가 투덜거리듯이 말했다.

"우리도 이런 일 좋아하네."

찰스 다윈이 웃으면서 말했다.

"임무 중에 죽으면 저절로 비밀 유지가 되는 거고, 임무 후 조직에 대해서 발설하면 KGB 쪽에 제가 이 일에 관여되어 있었다고 살짝 흘리실 것 같은데요?"

김춘추가 정황을 생각해 본 듯 말했다.

"인정하네. 자네가 이 임무에 성공한다면 죽을 때까지 우리 조직에 대해서는 발설할 수 없겠지. 적어도 KGB가 자신들의 일을 자네가 방해했다는 것을 알게 되면 매우 곤란할 테니."

그렇게 말한 찰스 다윈은 김춘추에게 다시 한 번 더 물었다.

"이래도 들어올 생각이 없는가?"

"이미 임무를 들었는데 설마 바꾸어 주시겠습니까?"

김춘추가 대답했다.

"그렇긴 하지."

찰스 다윈이 말했다.

"크리스티나, 저에게 빚 하나 진 겁니다."

김춘추가 크리스티나를 보면서 뜬금없이 말했다.

"아……."

크리스티나가 김춘추의 말을 이해하고는 고개를 끄덕였다.

"둘 다 눈치가 제법 빠르군."

찰스 다윈이 고개를 끄덕이면서 말했다.

사실 1년 전, 황금여명회 자리 하나가 공석이 되었다.

그 공석에는 앤더슨 왕자의 강력한 추천으로 김춘추가 올라왔다.

조직은 충분한 조사를 했고.

드러난 성과나 실적은 미비하지만 그의 미래에 대해서 매우 흥미를 가졌다.

크리스티나는 2순위였다.

늘 그렇게 복수 추천을 받고, 먼저 추천받은 자가 거절할

시에는 2순위자가 올라선다.

하지만 대부분 추천받은 자가 거절할 리가 없었다.

그러므로 2순위자들은 자신이 황금여명회의 후보 2순위에 올랐다는 것도 모르고 살아간다.

하지만 이번엔 크리스티나에게 기회가 왔다.

김춘추가 앤더스 왕자에게 이미 거절 의사를 했으므로.

그러므로 크리스티나가 이 자리에 있었고.

만약 김춘추가 마음을 돌려 황금여명회 자리를 승낙한다면 이곳까지 온 크리스티나는 선택의 여지도 없이 보라색 봉투 안에 적힌 임무를 수행해야 한다.

목숨을 내놓을 각오로.

"빨리 끝내죠."

김춘추가 크리스티나에게 말했다.

"바쁘신가 봐요?"

크리스티나가 웃으면서 대답했다.

"007 흉내 내는 원숭이 역할에 쏟을 시간이 별로 없거든요."

김춘추가 하얀 이를 내보이면서 웃었다.


"크리스티나가 CIA 요원이었다니."

김춘추가 자신의 앞에서 생글거리는 크리스티나를 보면서 말했다.

그는 지금 크리스티나와 함께 미 워싱턴에 있었다.
"찰스 다윈이 괜히 이 임무를 준 게 아니죠."
크리스티나가 환하게 웃으면서 말했다.
"전 제 대리자 덕에 007 요원 행세까지 해 보는 거군요."
"뭐, 그렇게 생각하시면 그럴 수도 있겠네요."
"다행입니다."
김춘추가 말했다.
"뭐가요?"
크리스티나가 의아하다는 듯이 고개를 반쯤 기울이면서 말했다.
"그곳이 아주 잔인한 단체는 아니어서요."
김춘추는 크리스티나가 어쩔 수 없이 보라색 봉투의 임무를 수행했어도, 그녀의 직업상 어떻게든 해냈을 거란 생각이 들었다.
그제야 그는 찰스 다윈이 황금여명회 단원 선정 방식에 대해서 약간 과장해서 말했다는 사실을 깨달았다.
"호호, 그렇긴 하죠. 하지만 당신의 임무는 아주 위험해요. 제가 아무리 CIA 요원이라고 해도 현장에 직접 투입되는 일은 항상 어려워요."
크리스티나가 솔직하게 말했다.
"그렇긴 해도 아주 낯선 일은 아니지 않습니까?"
김춘추가 다행이라는 식으로 말했다.

사실 그는 황금여명회가 이런 임무를 부여한 것에 대해서 적지 않게 의아해하고 있었다.

만약 자신이 승낙했더라면, 크리스티나는 꼼짝없이 사지에 가게 된다.

뭐, 자신도 그렇긴 하지만.

남 걱정할 일은 아닌데.

그렇긴 해도 CIA 요원인 크리스티나가 옆에 있으니 이번 임무가 아주 황당한 것은 아니었다.

어떤 면에서는 황금여명회의 힘이 어디까지 미쳐 있는지 궁금증이 생긴 것도 사실이었다.

하지만 이런 비밀 조직이 주는 위험도가 어떤지 그가 모르는 바가 아니었다.

"대략 3명으로 압축되는군요."

김춘추는 크리스티나가 넘긴 자료들을 살펴보았다.

"이자들을 전부 조사해 봐야 할 것 같아요."

크리스티나가 인상을 찌푸리면서 말했다.

"이렇게 하죠."

김춘추가 크리스티나를 보면서 제안을 했다.

"어떻게요?"

크리스티나의 눈빛이 반짝거렸다.

◈ ◈ ◈

하워드 잭슨 집 안.

김춘추는 그가 출근한 틈에 그의 집을 방문했다.

그의 아내 잭슨 부인이 WHO에서 나온 방역원으로 분한 김춘추를 맞이해 주었다.

"무슨 일이에요?"

"워싱턴DC 병원에서 전염 가능성이 높은 환자가 있어 현재 격리 조치되었습니다. 역학 조사 결과 환자가 이 근처에 다녀간 것으로 알려졌습니다."

"어머, 끔찍해라."

잭슨 부인이 인상을 썼다.

그리고 창문 너머를 바라보았다.

시야가 뿌옇다.

방역원 말대로 거리에는 소독제가 한바탕 뿌려지고 있었다.

"모든 집을 다 하시나요?"

잭슨 부인이 김춘추의 신분증과 밖의 상황을 확인한 뒤 물었다.

"이 거리만 하면 됩니다."

하얀 헬멧과 방역복을 입은 김춘추가 고개를 끄덕이면서 말했다.

"부탁드려요."

"그럼 시작하겠습니다."

김춘추는 등에 진 통에 달린 호스를 꺼내 들면서 말했다.

방역, 아니 하워드 잭슨의 집 안을 조사하는 것은 순조롭게 진행되었다.

그리고 또 한 명, 앤덤 로렐라이의 집 안도 같은 평계로 순조롭게 진행되었다.

"두 사람 다 깨끗합니다."

김춘추가 살짝 편찮은 표정으로 말했다.

"크롱 피커만이 남았네요."

크리스티나가 믿을 수 없다는 표정을 지었다.

크롱 피커는 두 자녀와 아내가 있는 40대 사내였다.

나사에서도 존경받는 인물이었으며 주변 사람들의 탐문 수사 결과에서도 매우 좋은 평을 받고 있는 사람이었다.

그야말로 미국 시민권자로서 가장 이상적인 사내였다.

"이 사내마저 아니면 우리가 헛다리 짚는 건데."

크리스티나가 속상한 듯이 말했다.

하지만 그녀는 크롱 피커만큼은 KGB 요원이 절대 아니라고 생각했다.

단순히 그의 평이 매우 좋아서만은 아니었다.

그에 관해서 모든 자료를 샅샅이 찾아봤지만…

의심될 만한 정황이 없었다.

그럼에도 용의자에 오른 것은 발사 직전의 우주왕복선에 다가갈 수 있는 연구원들 중 한 명이었기 때문이다.

"속단은 금물이죠. 시작하실까요?"

김춘추가 다시 한 번 살충제가 든 통을 어깨에 메면서 크롱 피커의 집 앞에서 내렸다.

"WHO 방역원입니다."

김춘추가 크롱 피커의 집 문을 두드리면서 말했다.

"무슨 일이시죠?"

금발 머리의 차분한 인상을 가진 피커 부인이 나왔다.

김춘추는 앞서 두 명에게 설명한 것처럼 상황을 설명했다.

피커 부인은 다른 이들과 마찬가지로 집 문을 열어 주었다.

그 덕에 김춘추는 모든 신경을 곤두세운 채 집 이곳저곳을 돌아다녔다.

"제가 도와드릴 것은 없나요?"

상냥한 피커 부인이 2층으로 올라가는 김춘추를 붙잡고 물었다.

"딱히 없습니다. 이제 2층만 뿌리면 곧 끝납니다."

"빨리 부탁드려요. 아이들이 오기 전에 환기를 시키고 싶거든요."

"그렇게 되실 겁니다."

김춘추는 엄지손가락을 치켜세우고는 2층으로 올라섰다.

그는 사전에 본 이 집의 도면과 실제 방 크기 등이 일치되는지 확인했다.

만약 차이가 난다면 비밀의 방이 있거나 금고가 있다는 것을 뜻했다.

'음… 놀이방이 확연히 다른데.'

김춘추는 다시 한 번 놀이방 안을 천천히 걸었다. 자신의 보폭 수로 길이를 재 보았다.

확실히 도면과 차이가 났다.

물론 붙박이장이 있다.

하지만 그 붙박이장의 길이를 생각해 보아도 차이가 났다.

김춘추는 서둘러 아이들의 장난감 등을 보관하는 붙박이장을 열었다.

그러고는 한 손으로 방역 호스를 그 안에 뿌리기 시작했다. 다른 한 손으로 벽면을 살짝 두드려 보았다.

투툭.

'비었다.'

김춘추의 입가에서 살며시 미소가 피어났다.

그는 뒤로 몸을 돌리곤 아래층을 향해서 큰 소리로 말했다.

"사모님, 끝났습니다!"

◈ ◈ ◈

그날 밤.

크리스티나는 뚫어지게 모니터를 바라보고 있었다.

김춘추가 낮에 크롱 피커의 집 2층, 놀이방에 감시 카메라를 몰래 부착해 놨기 때문이다.

그녀는 모니터를 통해서 그때부터 지금까지 놀이방의 움직임을 감시하고 있었다.

곧 김춘추가 나타났다.

"확인했습니까?"

"확실하네요."

크리스티나가 신음을 내면서 말했다.

크롱 피커가 KGB 요원일 가능성이 높았다.

"그가 아이들이 없을 때 놀이방에 들어온 것이 확인됐어요. 그리고 붙박이장을 열고 무언가를 꺼내어 확인했어요."

"가져가지는 않고요?"

"감시 카메라에서는 그가 무언가를 들고 나간 모습이 없어요."

크리스티나가 말했다.

"증거가 전부 저 안에 있다는 뜻이군요."

김춘추가 고개를 끄덕였다.

이제 그가 다시 나설 차례였다.

"뭐… 줄 거 없습니까?"

김춘추가 크리스티나에게 웃으면서 말했다.

"줄 거요?"

"007 요원들은 보통 신기한 무기를 지급 받던데."

김춘추가 농담하듯이 말했다.

"현실에선 신기한 무기가 없네요. 이것밖에……."

크리스티나가 김춘추에게 권총 한 자루를 건네주었다.

"쓸 일이 없기를 비시죠."

김춘추는 그렇게 말하면서 권총을 셔츠 안쪽에 넣었다.

척.

김춘추는 날렵한 동작으로 가볍게 크롱 피커 집의 뒤편으로 움직였다.

그곳에는 2층 아이들의 방으로 이어지는 창문 쪽, 커다란 나무가 서 있었다.

하지만 김춘추는 주변을 한 번 더 관찰했다.

'나무는 이쪽에도 있었어.'

놀이방에도 창문이 있다.

그리고 그 창문 밑에는 잘린 나무 밑동이 있었다.

즉, 크롱 피커가 누군가가 나무를 타고 2층 놀이방 창문으로 들어오지 못하게 미연에 나무를 자른 것으로 보였다.

상당히 신중한 자였다.

자신의 집 주변까지 신경 쓸 정도로.

'왜 아이들 방 창문 쪽에 있는 나무는 자르지 않았지?'

김춘추는 잠시 망설였다.

그리고 그는 나무를 탔다.

'후우……'

김춘추는 심호흡을 했다.

그러고는 몸을 옆으로 비틀면서 날렸다.

정면에 보이는 창문이 아닌, 좀 더 떨어진 창문으로 말이다.

탁.

그의 몸은 간신히 창가에 매달렸다.

김춘추는 사전에 준비한 공구를 꺼내어 창문을 조용히 열었다.

이제 그가 증거를 수집하고 창문을 통해서 플래시를 비추면 임무는 끝이었다.

플리시가 비치는 순간, 뒤처리는 크리스티나의 몫이니깐.

'제길! 그냥 SWAT 팀을 이끌고 오면 편할 텐데, 뭐가 이리 복잡한지.'

김춘추는 인상을 쓰면서도 놀이방 안으로 들어섰다.

적어도 미국 CIA의 속셈은 알 것 같았다.

크롱 피커를 이중 첩자로 만들 생각인 것 같다.

과연 그가 협조를 할지의 여부는 그들에게 달려 있겠지.

그러기 위해서는 최대한 조용하게 이 일을 처리해야 했다.

크롱 피커조차 신민옥 감독과 최연희처럼 다른 첩보원이나 공작원의 감시를 받고 있을지도 모르니깐.

김춘추는 낮에 확인한 붙박이장을 열었다.

그리고 벽면 쪽으로 다가가서는 적외선 램프를 비추었다.

선명하게 사람의 손가락이 몇 군데 찍혀 있었다.

'벽면 자체가 금고 입구군.'

김춘추는 자신의 검지 위에 크롱 피커 몰래 채취한 그의 지문이 새겨져 있는 비닐을 조심스럽게 씌웠다.

확실히 미 CIA의 장비 수준은 놀라웠다.

터엉.

작은 소리를 내면서 벽면의 중간 부분에서 무언가가 툭 튀어나왔다.

김춘추는 재빨리 그것들을 집었다.

세 묶음의 여권과 다양한 나라의 화폐, 그리고 갈색 대봉투가 들어 있었다.

대봉투 안에는 소련어로 챌린저 우주왕복선에 관한 지령이 들어 있었다.

모든 정황이 크롱 피커를 러시아 KGB 요원임을 나타내고 있었다.

김춘추는 사전에 약속한 대로 창가에 대고 플래시를 비

추었다.

그때였다.

철컥.

권총의 방아쇠를 당기는 소리가 그의 귀에 들려왔다.

크롱 피커와 그의 아내 피커 부인이 서 있었다.

두 사람 다 권총을 들고 있었다.

"이런, 들켰군요."

김춘추가 두 손을 올리면서 말했다.

예기치 못한 일, 목숨을 위협받고 있는 상황임에도 그는 전혀 당황하지 않은 모습을 보였다.

더구나 반격할 기미조차 보이지 않았다.

그것이 피커 부부의 호기심을 일으켰다.

"제법 영리하군. 내 부비트랩을 건드리지 않다니."

크롱 피커가 비릿한 웃음을 지면서 말했다.

"그러기엔 나무 밑동이 마음에 걸리더라고요."

김춘추가 당연하다는 듯이 말했다.

부비트랩.

만약 김춘추가 나무를 타고 아이들의 방으로 이어지는 창문 쪽으로 들어왔다면 잠입조차 못하고 부부에 의해서 그대로 사살되었을 것이다.

"그런데 이거 참, 부부가 다 KGB 요원이라니……. 이래서 이런 일에는 늘 변수가 있다고 하는 거군요."

김춘추는 유창한 소련 말로, 자신에게 향해진 총구 따위는 아랑곳하지 않고 말했다.

"자네는 이게 무섭지 않은가?"

크롱 피커가 어이없다는 듯이 물었다.

"지금 제 태도를 보면 이상하다고 여겨지지 않습니까? 게다가 제가 소련 말을 유창하게 잘하고 있다는 것도 단순한 우연일까요?"

"내가 궁금해할 필요가 있나."

크롱 피커가 코웃음을 쳤다.

"하지만 주의력이 뛰어나신 KGB 요원 피커 부인께서는 감안하시겠죠."

김춘추는 'KGB'라는 단어를 강조하면서 피커 부인 쪽으로 시선을 돌렸다.

보통의 여자들이었다면 오늘 김춘추의 방문을 크게 개의치 않았을 것이다.

모든 것은 완벽했다.

문제는 피커 부인까지 KGB 요원이었기에 발생했다.

그녀는 낮에 집을 방문한 김춘추의 얘기를 곧이곧대로 믿지 않았다.

"제가 KGB 요원이라는 사실에 전혀 놀라지는 않는군요."

피커 부인이 김춘추에게 총을 쏘려는 남편을 제지하고 나서 물었다.

"방금 여권 사진 보았거든요."

김춘추는 너무도 쉽다는 듯이 대답했다.

"방금 본 사람치곤 그래도 담담하군요. 당신이 소련 말을 잘한다고 해서 제가 권총을 쏘지 않을 이유는 없겠죠? 죽기 직전의 여유를 참아 줄 이유가 없죠."

"제가 정치경제학을 공부했거든요."

김춘추가 뜬금없이 화제를 돌렸다.

"정치경제학? 설마 박사 학위까지 있는 내 앞에서 헛소리를 늘어놓으려는 것은 아니겠지."

크롱 피커가 신경질적으로 아내가 말하려고 하는 것을 재빨리 가로채면서 말했다.

"저는 소련의 정세를 아주 잘 압니다. 머지않아 소련은 붕괴될 것입니다. 발트 3해가 끈질기게 독립을 요구하고 있다는 것은 엘리트인 당신이 모르지 않을 거라 생각합니다. 발트 3해의 독립을 허락하면 주변 구성 다른 공화국에도 영향을 미치겠죠. 고르바쵸프 대통령은 어떻게 해서든지 이 문제를 해결하려고 고민을 하겠죠. 하지만 그가 어떤 결론을 내릴지는 저도 모릅니다. 하지만 어떤 결론이든 간에 소련은 오래가지 못할 것입니다."

"우리를 흔들려고 하지 마라."

크롱 피커가 한 발자국 다가왔다.

그러고는 김춘추의 심장 쪽을 향해서 총구를 겨누었다.

"이미 당신도 아는 사실입니다. 그리고 부인과 당신, 이곳을 떠나고 싶지 않겠죠? 오랫동안 이곳에 살았으니. 아니, 아이들이 태어나기 전부터 부부가 아니었나요? 아마도 이번 테러는 당신들에게는 도박이었겠죠. 무사히 잡히지 않는다면 계속해서 이곳에 살 생각으로 떠나지 않았으니."

"우리가 어떻게 나오든 너하고는 상관없다."

크롱 피커가 신경질적으로 대답했다.

하지만 그의 마음속은 이미 김춘추의 말에 흔들리기 시작했다.

"CIA가 왜 나 같은 범생이 과를, 특히 소련 말을 할 줄 아는 자를 현장에 투입시켰을까요?"

김춘추가 자신에게 무언가 있음을 암시하는 것처럼 말했다.

"의미가 뭐죠?"

피커 부인의 눈빛이 반짝거렸다.

크롱 피커가 아내에게 신경질적으로 말했다.

"이자의 말을 귀담아 듣지 마."

"선택은 당신에게 달려 있습니다. CIA는 당신들과 협상을 하고 싶어 합니다. 저는 그런 협상이 별로 달갑지 않긴 합니다. 어쨌거나 곧 CIA 요원들이 몰려올 겁니다. 여기서 저를 향해서 총을 쏜다면 저는 응사를 하겠죠. 물론 제 응사가 늦을 겁니다. 소음기가 달린 당신의 총에 비해서 제 총은 꽤나 요란합니다."

김춘추는 어느새 들었는지 셔츠 안에 있던 총을 꺼냈다.

크롱 피커와 피커 부인은 순간 깜짝 놀랐다.

김춘추를 자신의 두 눈으로 계속 주시해 왔다. 그런데 그가 권총을 꺼내는 장면을 놓쳤다.

대단히 손이 빠른 자였다.

"만약 이 고요한 주택가에 총소리가 울려 퍼지고 제가 죽는다면 아무리 CIA라고 해도 당신들과는 협상할 수가 없을 겁니다. 어떻게 하시겠습니까? 당신들이 이곳을 떠나지 않을 수 있는 마지막 기회인 거 같은데."

김춘추는 무섭도록 차분하게 말했다.

"음......"

크롱 피커는 신음 소리를 냈다.

그의 머릿속은 복잡하게 회전되었다.

그가 총을 쏘는 동시에 김춘추도 총을 쏠 것이다.

물론 김춘추는 죽겠지만 그의 말대로 그가 쏜 총소리는 고요한 이 밤의 정적을 깨겠지.

그 순간 부부는 아이들을 데리고 도망쳐야 한다.

최악의 상황은 아이들도 챙기지 못하고 도망칠 수도 있었다.

아이들.

그것은 이 부부에게 자신들이 첩자라는 것을 잊게 해 주는 유일한 희망이요, 행복이며 태양이었다.

잠시의 정적이 흘렀다.

피커 부인이 떨리는 목소리로 입을 열었다.

"바, 방법이 있나요?"

크롱 피커는 침묵했다.

그 침묵 속에 암묵적인 동의가 담겨 있었다.

"아까도 말했지만 저는 7명의 목숨과 4865억 원의 피해를 입힌 당신들을 그다지 구하고 싶은 마음이 없습니다만, 저 뒤의 아가씨는 그럴 마음이 있는 것 같군요."

김춘추의 말에 크롱 피커와 피커 부인이 뒤를 돌아봤다.

어느새 크리스티나가 두 사람을 향해서 총을 겨누고 있었다.

"CIA에서 거래를 하고 싶어 합니다."

그녀의 말에 크롱 피커와 피커 부인은 손에 든 총을 내려놓았다.

두 사람의 표정은 무척 복잡했다.

'임무가 끝났군.'

김춘추는 전직 KGB 요원이자 곧 CIA 정보원, 이중 첩자가 될 부부를 바라보았다.

제5장

신기하거나 이상하거나

"이곳입니다."

찰스 다윈이 조심스럽게 섬세하고 고풍스럽게 조각되어 있는 문고리를 들어 올렸다.

순간 김춘추는 눈이 동그래졌다.

두 사람의 앞에 서 있던 커다란 문이 열리는 순간 그 안에 있는 수십만, 아니 그 이상이 되는 책들이 4층 높이의 책꽂이에 잘 정리되어 있었기 때문이다.

이렇게 깔끔하게 정리되어 있는 방대한 도서관을 보기도 힘들었다.

"어디까지 열람 가능합니까?"

김춘추가 물었다.

"이곳에 있는 책은 전부 열람 가능합니다."

찰스 다윈이 자신만만하게 대답했다.

'음, 이런 곳이 또 있다는 뜻이군.'

"고맙습니다."

김춘추는 가볍게 목례를 하고는 한 발 내디뎠다. 그때 찰스 다윈의 말이 들려왔다.

"잊지 마십시오. 단 1시간입니다. 물론 책을 몰래 가지고 나가는 것도 있을 수 없습니다."

"명심하고 있습니다."

김춘추는 그렇게 대답하고는 까마득히 보이는 책들이 진열되어 있는 곳으로 서둘러 들어갔다.

찰스 다윈은 이내 그 자리를 떠났고 시종장만이 남아 김춘추의 행동을 감시했다.

김춘추는 시종장의 시선은 아랑곳하지 않고 거침없이 책들을 살펴보았다.

책들은 전부 은색의 두꺼운 표지에 조심스럽게 보관되어 있었다.

'제길, 이래서야 1시간 내 필요한 책을 찾을 수가 있을까.'

김춘추는 재빨리 책들의 제목을 스캔해 나갔다.

책들은 질서 정연하게 정돈되어 있었다.

고대 문명, 세계 정치, 역사, 경제… 심지어 유머라는 항목까지 있었다.

김춘추는 '고대 문명'이라고 적힌 곳으로 다가갔다.

그리고 머리를 들어 올렸다.

말이 4층 높이지. 16미터다.

각 항목 앞에는 거대한 나선 모양의 층계가 있었으며, 충분히 그곳에 앉아 책을 읽을 수 있을 정도로 인체공학적으로 설계되었다.

그럼에도 불구하고 이곳의 책 제목만 읽어도 상당한 시간이 걸릴 게 뻔했다.

고대 이집트, 수메르 문명, 나폴레옹, 알렉산더 대왕의 원정기 등등.

그야말로 고대 문명에 관한 것만 해도 흥미진진한 것들로 가득 차 있었다.

어느 것 하나 흥미롭지 않은 것이 없었다.

'과연 고대의 비밀 조직이라더니.'

김춘추도 속으로 감탄했다.

이 도서관에 있는 모든 책들을 읽어 보고 싶은 충동이 치밀었다.

그러기 위해서는 이 조직에 가입해야 한다.

김춘추는 이내 고개를 흔들었다.

일시적으로 편하고자 조직에 가입하는 것은 그의 생리에 맞지 않았다.

'저거군.'

김춘추의 눈빛이 빛났다.

**〈티베트의 신화〉**

보통 티베트의 신화라는 책은 웬만한 도서관에서 흔히 구할 수가 있었다.
하지만 이곳에 존재하는 책이 갖고 있는 내용은 항간에서 볼 수 있는 내용이 절대 아니었다.
'45분 남았군.'
김춘추는 손을 뻗어 책을 뺀 후, 계단에 그대로 앉아서 재빠르게 책 속에 몰입했다.


딩. 딩. 딩.
시종장이 손에 쥔 종을 흔들었다.
1시간이 되었다는 의미였다.
어느새 김춘추가 그의 앞에 서 있었다.
시종장은 턱을 약간 치켜세운 채 허리를 곧추세운 자세로 김춘추를 바라보았다.
곧 그가 고개를 한 번 끄덕이고는 출입구 문을 열고서는 김춘추를 향해서 정중하게 손을 폈다.
나가라는 의미였다.
김춘추가 도서관 밖에 나오자 어느새 찰스 다윈과 크리

스티나가 서 있었다.

"이제 작별이네요."

임무를 함께하면서 친해진 크리스티나가 아쉬운 표정을 지으면서 말했다.

"한국에 오시면 제가 대접할게요."

"당장이라도 한국에 가야겠는데요? 호호호."

크리스티나가 기분 좋은 웃음을 지었다.

찰스 다윈은 여전히 별말을 하지 않고 그 자리에 서 있었다.

"아 참, 헤어지기 전에 한 가지 물어봐야지."

크리스티나가 김춘추의 얼굴을 빤히 보면서 말했다.

"무엇이든요."

김춘추가 웃었다.

"CIA가 부부를 생포한 후 이중 첩자를 만들 계획이 있었다는 것을 어떻게 알았지?"

"음… 이거 너무 뻔하잖아요."

"이게 뻔해?"

"만약 그자들에게 여지를 줄 생각이 없었다면 진짜 CIA 요원이 이 작전에 투입되었겠죠. 저 같은 생짜를 투입시켰다는 건… 뭐, 누이 좋고 매부 좋은 작전 같은 게 아니었을까 싶은데요. 그리고 찰스 다윈 경께서는 CIA와 협력하는 유럽 쪽 정보 계통의 지휘 본부에 계신 분이 아닐까 싶습니다. 아마 그 힘으로 절 이번 작전에 투입시키자고 CIA를 설득했겠죠."

"와우!"

김춘추의 설명에 크리스티나가 휘파람을 불었다.

"이거 대단하십니다. 그 임무 하나에 제 정체까지 드러날 줄은 몰랐습니다."

"앤더슨 왕자가 경고하지 않았을까 싶습니다만?"

김춘추가 싱긋 웃었다.

"인정합니다. 앤더슨 왕자님께서는 당신에게 위험한 임무를 맡기는 것보다 우리가 더 많은 것을 노출시킬 거라고 경고하셨죠."

찰스 다윈이 말했다.

하지만 그는 도박을 좋아했다.

과연 드러난 것이 별로 없는, 이 특이한 젊은이의 미래가 이 임무로 끝이 날 것인지.

아니면 더 날아오를 수 있는지.

"그렇다면 찰스 다윈 경께서도 이미 충분히 만족하셨겠군요. 제가 절대로 입을 놀릴 수 없는 일을 만드셨고, 나름대로 경의 시험을 통과한 제가 뿌듯하시겠어요."

김춘추가 환하게 웃어 보였다.

"농담도 잘하시는군요. 저는 절대로 만족하는 법이 없습니다."

찰스 다윈 경이 김춘추의 말을 받아쳤다.

그의 눈매가 순간 빛났다.

"이제부터라도 만족이란 단어를 배우셔야겠군요."

김춘추가 한쪽 입꼬리를 슬쩍 올리면서 말했다.

파파파팟.

두 사람의 눈이 허공에서 마주쳤다.

이윽고…

찰스 다윈 경이 여전히 시선을 김춘추에게 둔 채로 입을 열었다.

"살펴 가십시오."

"감사합니다."

김춘추가 대답했다. 그러고는 크리스티나에게 시선을 돌려 말했다.

"CIA 정보원이 될 마음은 전혀 없는 거 알죠? 하지만 친구로서 한국에 온다면 언제든지 환영합니다."

"이건 뭐 시도도 하기 전에 거절당한 기분이네?"

크리스티나가 상부의 명령을 전달하기도 전에 거절 의사를 한 김춘추에게 놀랐다는 표정을 지으면서 대답했다.

자신들의 생각보다 한 발자국 먼저 나가 있는 김춘추의 태도가 이젠 놀랍지도 않았다.

"이것으로 두 분과 이곳에 관한 것은 끝이군요. 안녕히 계십시오."

김춘추는 그렇게 말하고는 지체 없이 몸을 돌려 출입문 쪽으로 걸어 나갔다.

그 뒷모습을 찰스 다윈과 크리스티나가 말없이 바라보았다.

"어떻게 하실 거예요?"

크리스티나가 중얼거리듯이 물었다.

"재밌는 자를 만났는데 놓칠 수야 없지."

찰스 다윈 경이 씨익 웃었다.

"오, 저도 동감이에요."

크리스티나가 고개를 끄덕였다.

"그나저나 전 세계 경제의 50프로는 장악했다는 말이 나오는 차일드 가문의 아가씨가 너무 위험한 일에 계속 뛰어드시는 거 아닙니까?"

찰스 다윈 경이 다정한 어조로 말했다.

상사와 부하의 관계를 떠나서 개인적으로 두 사람은 대부와 대녀 관계였기 때문이다.

그녀를 황금여명회에 추천한 것도 찰스 다윈 경이었다.

"제가 여자인 이상 가문을 이어받을 일은 없겠죠. 가문에 필적할 만한 가문을, 물론 지금 가문과는 다른 의미에서 제 손으로 세우고 싶어요. 이게 제 대답이에요."

크리스티나 차일드가 대답했다.

찰스 다윈 경의 얼굴에 만족스러운 빛이 떠올랐다.

이미 오래전부터 대녀가 그런 생각을 해 오고 있었다는 것을 그가 모를 리 없다.

하지만 그녀의 입을 통해서 확실하게 듣고 싶었다.

"출발이 좋네요. 제 배우자감까지 하늘에서 턱하니 보내주시다니."

크리스티나 차일드가 혼잣말로 중얼거리듯이 말했다.

"무슨 뜻이죠?"

찰스 다윈경이 되물었다.

"아, 아니에요. 그런 게 있어요. 호호호."

크리스티나 차일드가 황급히 입을 손으로 가리면서 웃었다.

그리고 그녀는 방금 김춘추가 나간 출입문 쪽을 바라보았다.

그 옆에서 찰스 다윈 경이 빙그레 미소를 지었다.

✦ ✦ ✦

김춘추는 김한기, 리디아 황녀와 함께 2층 거실에 마주앉았다.

"하실 말씀이 있다고 들었는데요."

김춘추가 리디아 황녀에게 말했다.

"피곤하지 않으세요?"

리디아 황녀가 살짝 걱정된다는 듯이 말했다.

김춘추는 워싱턴에서 김포공항에 도착하자마자 사무실로 나가서 그간의 밀린 일들과 서류들을 보면서 일의 진행 방향과 지시를 내리고 다음 날 아침이 되어서야 집으로 돌아올 수 있었기 때문이다.

그도 인간인 이상 김춘추의 얼굴에는 피곤함이 배어 있었다.

하지만 김한기가 리디아 황녀가 무언가 알아낸 것이 있다는 말에 그녀를 불러들였다.

그리고 그도 이번 일을 통해서 알아낸 것이 있으니.

리디아 황녀와 이야기를 나눠 보는 것도 매우 중요했다.

"괜찮습니다."

"그럼 본론으로 들어갈게요. 제가 요 며칠 이곳의 여러 곳을 돌아다니면서 두 분과 다른 분들과의 차이를 확연히 알았어요."

리디아 황녀가 말했다.

"저까지 말입니까?"

김춘추는 그녀의 예상 밖의 말에 살짝 놀랐다.

"음… 당신에게서는 희미하게 마나가 느껴져요."

"마나 말씀입니까?"

"네. 물론 당신 몸속에서 느껴지는 건 아니에요. 하지만 간혹 당신을 보고 있노라면 아주 희미하게 마나가 느껴져요. 제가 아직 4서클 마법사밖에 되지 않아 틀릴 수도 있어요."

리디아 황녀가 살짝 자신 없어하는 표정을 지으면서 말했다.

'혹시 이것 때문인가?'

김춘추는 그녀의 말에 짐작 가는 것이 있었기에 자신의 목에 걸린 목걸이, 신물을 셔츠 밖으로 끄집어냈다.

"이것 때문 아닙니까?"

"아……!"

신물을 본 리디아 황녀가 감탄하면서 말했다.

"이건 아티팩트예요. 제 통역기 아티팩트와 같은, 물론 다른 역할을 하겠지만."

리디아 황녀가 김춘추가 건네준 신물을 이리저리 뜯어보면서 다시 말했다.

"역시, 그쪽에서 흘러나온 거군요."

김춘추가 고개를 끄덕이면서 말했다.

"무슨 뜻이에요?"

"두 가지 가정이 있습니다."

김춘추는 고개를 끄덕이면서 자신의 가정을 설명했다.

"첫째는 당신이 찾는 그분이 이 아티팩트를 가지고 이 세계에 왔다는 가정입니다. 그런데 이 가정에는 그분이 지금 이 시대에 존재할지 여부를 장담할 수가 없습니다. 왜냐면

이 신물, 아니 아티팩트는 제가 알기로 서기 600년대에 발견되었거든요. 그로부터 1200년이 지났습니다. 불멸의 존재가 아니라면……."

"아……."

김춘추의 말에 리디아 황녀의 표정이 급격하게 창백해졌다.

김춘추의 말대로라면 그녀의 목적이 사라지기 때문이다.

"두 번째 가정은 이렇습니다. 이 세계와 당신의 세계는 겹쳐 있거나 연결되어 있다는 거죠. 고대로부터 어떤 이유에서인지 한 번씩 차원의 균열이 생기거나 당신처럼 차원을 여는 주문 때문에 이 두 공간의 물건들이 오고 가는 거죠. 이 경우, 당신의 그분이 판테온 차원에 넘어간 것은 아주 우연일지도 모릅니다."

"사실 그분이 남긴 일기에도 씌어 있어요. 거의 앞장 외에는 남아 있지 않지만. 그분이 처음 판테온에 오게 된 것도 갑작스럽게 알 수 없는 힘에 의해서였다고."

"아마도 그랬을 겁니다."

김춘추가 리디아 황녀의 말에 고개를 끄덕이면서 그녀에게 물었다.

"황녀님께서 김한기 씨에게 느끼는 것이 주문의 힘 아닌지요?"

"맞아요."

리디아 황녀가 고개를 끄덕였다.

"보여 줘."

"귀찮은 짓 시키네."

김춘추의 말에 김한기가 투덜거리면서 허리띠를 풀었다.

"갸악!"

갑작스러운 김한기의 태도에 리디아 황녀가 소리쳤다.

외간 남자가 자신의 앞에서 바지를 벗으려 하고 있기 때문이다.

"삼촌, 굳이 엉덩이 쪽을 보여 줄 필요는 없잖아."

김춘추는 일부러 삼촌이란 단어를 강조하면서 김한기에게 말했다.

'이크.'

"어, 엉덩이 쪽이 넓게 보이잖아……. 원하면 다른 쪽을 보여 주지."

김한기는 김춘추가 보내는 무언의 경고에 투덜거리면서 한마디 했다.

그러면서도 자신의 고개를 돌려서 한쪽 손으로 머리카락을 올렸다.

뒤통수를 보여 주기 위해서였다.

리디아 황녀는 놀란 가슴을 진정하고는 김한기의 뒤통수를 가만히 쳐다보았다.

확실히 주문이었다.

영혼을 붙잡는…

마법 주문.

6서클의 마법진이었다.

리디아 황녀는 안 그래도 커다란 눈을 더욱 동그랗게 떴다.

어떻게 6서클의 마법 주문으로 이루어진 마법진이 이곳에 있을까.

하지만 그녀는 그보다 당장 궁금한 것이 있었다.

그리고 커다란 눈을 깜빡이면서 김한기에게 질문했다.

"굳이 이렇게까지 해서 인간의 몸에 머물러 있는 이유가 뭐예요?"

"……."

김한기는 예상 밖의 질문에 순간 벙어리가 됐다.

딱히 그녀의 말에 뭐라고 말해야 할지.

여전히 리디아 황녀는 큰 눈을 초롱초롱 빛내면서 마법 주문이 새겨진 김한기의 뒤통수를 신기한 눈으로 바라보았다.

'확인해 보길 잘했군.'

김춘추는 황금여명회 도서관에서 찾아낸 '티베트의 신화'라는 책을 떠올렸다.

그는 그 책 속에서 자신이 목격한 티베트 동굴 벽화에 관한 자세한 설명을 볼 수 있었다.

과거 티베트에는 어느 날 갑자기 비바람과 천둥 번개가 격하게 일어났다고 한다.

그 일이 있은 후 그 자리에 흰 수염 달린 얼굴 하얀 자가 황당한 표정으로 서 있었다고 했다.

그의 말에 의하면 시공간의 무엇이 자신을 이곳으로 인도했다고 한다.

하지만 그자는 다시 돌아갈지도 모른다면서 처음 있었던 그 동굴을 떠나지 않았다고 했다.

그 와중에 그의 시중을 들어주던 티베트 여인이 있었고, 두 사람은 얼마 가지 않아 사랑에 빠졌다고 했다.

하지만 동굴을 드나들던 티베트 여인은 동굴 안에서 발을 헛디뎌 그 자리에서 쓰러져 숨을 거두었다고 했다.

그러자 한 번도 자신의 힘(마법)을 과시한 적이 없던 흰 수염 달린 얼굴 하얀 자가 그 여인을 위해서 이 주문을 시행했다고 한다.

여인은 살아났다.

티베트인들은 그 여인의 몸에 새긴 신비한 불사의 주문을 잊지 않기 위해서 동굴 벽화에 새겼다고 했다.

흰 수염 달린 얼굴 하얀 자를 기리기 위해서.

'언제 다시 한 번 그곳에 가 봐야겠군.'

김춘추는 천 년 전에 방문했던 티베트 고대 동굴 벽화를 떠올리면서 생각했다.

그리고 천 년 전에 이런 사실을 알았으면 좋았지 않을까 하는 아쉬움에 잠시 침묵을 했다.

✦ ✦ ✦

"확실히 다르군요."
리디아 황녀는 김춘추의 아지트, 관악산 정상 부근에 있는 동굴 안을 거닐면서 말했다.
"……"
김춘추는 가만히 팔짱을 낀 채로 그녀를 지켜보았다.
"처음 이곳에 왔을 때는 상황이 상황인지라 미처 깨닫지 못했는데……"
리디아 황녀는 그렇게 말하면서 심호흡을 했다.
마나다.
확실히 이곳엔 마나가 존재했다.
물론 판테온에 비하면 적은 양이지만.
그간 그녀가 지구에 온 이래로 마나 밀도가 가장 높은 곳이었다.
'이것이 마나로군.'
김춘추는 그녀의 말에 고개를 끄덕였다.
그간 동굴에서 느낀, 기의 흐름하고는 확연히 다른 묘하고 이질적인 것이 있었다.

그것의 이끌림 때문에 오래전 이곳을 아지트로 삼았는지도 모르겠다.

그 자신도 모르는 이끌림.

그런데 그것이 마나란다.

김춘추로서는 오랫동안 궁금해 오던 묘한 그것의 정체를 알게 된 셈이었다.

리디아 황녀 덕분에.

"내가 이곳에 떨어진 게 우연이 아니라니깐."

김한기가 옆에서 거들먹거리면서 말했다.

리디아 황녀가 고개를 끄덕이면서 자신의 생각을 피력했다.

"천계에서 이곳으로 온다면 그나마 이곳이 가장 낫겠죠. 물론 제가 다녀 본 곳이 얼마 없는지라 확신할 수는 없지만……."

김춘추는 리디아 황녀에게 질문했다.

"이곳이 판테온과 연결된, 균열의 장소일지도 모른다는 생각에는 동의. 마나라는 것이 존재하니……. 하지만 천계하고의 연관성은 딱히 모르겠는데요?"

"그 질문은 판테온에 대해서 잘 모르셔서 그래요."

리디아 황녀는 김춘추의 질문에 싱긋 웃으면서 계속 말했다.

"판테온이 마나를 기반으로 한 마법이 존재하는 세상이

라고 말씀드렸잖아요. 이 마법의 궁극적인 힘을 발휘하는 존재가 누구인지 아세요?"

"누구지?"

김한기가 재빨리 그녀의 말에 질문했다.

"바로 드래곤이에요."

"드래곤? 용 말인가?"

이번에도 김한기가 무언가 놀라면서 물었다.

"맞아요. 저희 판테온 세계에서는 가장 궁극적인 존재를 꼽는다면 드래곤을 꼽아요. 드래곤을 잘못 건드리면 한 나라가 한순간에 망하는 것은 문제도 아니에요. 그만큼 드래곤의 힘은 상상조차 할 수 없어요. 그들이 인간들에게 마나를 이용해서 마법을 사용할 수 있도록 알려 주었다는 것이 판테온의 마법 기원설이에요. 그리고 그 드래곤들은 중간계에 걸쳐 있는 존재고요."

"중간계라……."

리디아 황녀의 설명에 김춘추가 고개를 끄덕였다.

그리고 곁눈질로 김한기를 슬쩍 보았다.

"판테온에서는 중간계의 존재가 있어요. 그러니 판테온과 연결된 이곳이라면, 아마도 지구라는 곳에 떨어진다면 판테온과 연결된 힘이 있는 곳에 떨어지지 않겠어요?"

리디아 황녀가 자신의 말에 확신을 갖고 설명했다.

"그렇군요."

김춘추는 짧게 대답하고는 김한기에게 질문했다.

"천계에도 드래곤, 아니 용이 있나 보지?"

"어… 있어."

김한기가 떨떠름하게 대답했다.

"뭐, 여기 떨어질 만하네."

김춘추가 씨익 웃었다.

"그, 그렇지."

김한기는 뭔가 맥이 빠진다는 표정을 지었다.

자신이 이곳에 떨어진 이후, 뭔가 굉장한 비밀이 있을 것이란 생각을 하고 있었다.

그리고 이곳을 아지트로 삼는 김춘추가 나타난 이후, 그 생각은 더욱 확신에 가깝게 짙어져 갔다.

그런데 단순히 중간계가 존재 가능한 판테온의 영향 때문이라니.

"힘내. 천벌을 풀 뭔가가 있겠지."

"나 천벌 받은 거 아니다!"

김춘추의 말에 김한기가 화들짝 놀라면서 손사래 쳤다.

"그래, 그래. 삼촌이 천벌 안 받았다고 치자."

김춘추가 장난스럽게 말했다.

"치자가 아니라니깐."

김한기가 콧구멍에서 김이 나오도록 자신의 말을 강조했다.

"응, 어쩌면……."

김춘추가 말을 하려다 말고 입을 다물었다.

"어쩌면……? 뭐가?"

김한기의 호기심이 증폭되었다. 그는 귀까지 쫑긋 세우고 김춘추를 바라보았다.

"음… 이건 어디까지나 내 생각인데, 이곳이 판테온과 중간계, 지구가 전부 연결된 삼각지가 아닌가 싶어서."

"아, 그럴 수 있지!"

김한기가 김춘추의 말에 신이 나서 대답했다.

"이건 심증일 뿐이야. 사실이 아닐 확률이 더 높아."

김춘추가 조심스럽게 말했다.

"그게 뭐 어때? 우리가 그렇게 생각하면 되는 거지."

김한기가 신이 나서 말했다.

리디아 황녀도 재빨리 맞장구를 쳤다.

"가능성이 아주 없는 건 아니에요."

"그렇지? 황녀도 그렇게 생각하지? 흐하하하하!"

김한기가 웃음을 터트렸다.

"잠깐, 이제 황녀라고 부르지 마. 우리끼리 있을 때도 확실하게 호칭을 정리해야 해."

"쩝, 그렇긴 하네. 리디아 황… 아니 리디아야, 네가 완전 복덩어리다."

김한기가 이색히게 말했다.

"음, 그런데 왜 춘추 씨는 한기 삼촌에게 반말해요?"

리디아 황녀가 김춘추를 보면서 물었다.

"나이스!"

김한기가 그녀의 말에 재빨리 환호성을 질렀다.

"나도 실수했군. 인정하지요. 앞으로 삼촌에게는 반드시 예의를 차리겠습니다."

"쩝, 그렇게 깔끔하게 인정하니 재미없네."

김춘추의 말에 김한기가 급심드렁해졌다.

"이것으로 대충 오늘 우리가 이곳에 대해서 알아볼 것은 다 알아본 거 같군요."

김춘추가 말했다.

그러고는 평소 자신이 명상을 하던 곳으로 가서 가부좌를 틀었다.

"뭐하려고?"

김한기가 심통 난 모습으로 물었다.

"마나 좀 모으려고."

김춘추는 그렇게 대답하고는 리디아 황녀에게 질문했다.

"가슴으로 모은다고 생각하면 되는 거지요?"

"음… 그렇긴 한데. 서클이 쉽게 생기기는 어려울 거예요. 그리고 마나라는 것이 가슴에 모은다고 생각하는 의념만으로 움직이는 것도 아니고."

리디아 황녀가 조심스럽게 대답했다.

"뭐, 시도는 해 봐야지요."

김춘추는 그렇게 말하고는 눈을 감았다.

'마나를 모을 수 있을까?'

리디아 황녀가 김춘추를 안타깝게 바라보았다.

이론과 실제는 전혀 다르다.

김춘추가 빠른 속도로 자신이 가르쳐 준 마법 주문을 외우고 있다고 해도.

그것과 현실은 판이하게 달랐다.

주문을 아무리 알아 봤자 마나가 없으면…

그리고 근본적인 서클이 없다면 그것은 한낱 지식덩어리에 불과했다.

이곳의 세계에 머물게 해 주는 대가로 리디아 황녀는 김춘추에게 마법에 관해서 알려 주고 있었다.

하지만 김춘추에게 마나 서클이 생길 가능성은 단 1퍼센트도 없다고 그녀는 확신했다.

이 지구라는 곳 특성상.

확실히 이곳은 판테온과 확연히 다르다.

이곳에는 자동차라고 불리는 것 등등 일종의 기계 문명이 발달된 곳이었다.

인간의 지식을 구체화한 도구가 사용되는 곳.

아마도 그렇게 발전해 온 이유는 딱 한 가지일 것이다.

마나가 부족하다. 마나가 거의 없다.

마나가 풍부해서 마법으로 발전해 온 판테온이 기계 문명의 발달에 거의 전무한 이유라면.

마찬가지로 마나가 거의 없기에 인간은 인간의 지식을 이용해서 발전해 왔다.

황녀로서 이미 사회, 정치, 경제 등의 수업을 받았던 그녀로서는 두 세계의 차이점을 쉽게 깨달을 수가 있었다.

오랜 세월 동안 인간의 발전이 단 한 가지의 차이만으로도 이렇게 달라질 수 있는지 이제는 그녀의 눈으로 목격하고 있었다.

그러니 이 오랜 세월 동안 두 세계의 차이점은 더욱 벌어졌고, 그 벌어짐은 쉽게 한 인간의 출중한 능력만으로 뛰어넘을 수 있는 것이 아니다.

그런데 김춘추는 시도하고 있다.

리디아 황녀는 가부좌를 틀고 있는 김춘추를 여전히 다소 안쓰럽게 바라보았다.

김한기는 무슨 생각을 하고 있는 건지 무언가 골몰하고 있는 눈치였다.

그때였다.

휘릭.

미비한 바람이지만 마나 바람이었다.

'마나 바람이?'

리디아 황녀는 깜짝 놀랐다.

처음엔 마나 바람이 미풍처럼 김춘추의 주변을 돌더니 이내 나선형의 소용돌이를 만들었다.

그리고 소용돌이가 점점 강해지고 있었다.

휘리리리리익. 휘잉 휘이잉.

김춘추의 주변은 이제 한 치 앞도 보이지 않을 정도로 마나 태풍으로 소용돌이치고 있었다.

딱 김춘추 한 사람만을 감싸는 마나 태풍.

리디아 황녀는 이 신기한 현상을 이미 알고 있었다.

그녀도 경험했던.

'설마, 설마……!'

리디아 황녀는 경악했다.

이건 틀림없는 서클의 탄생.

번쩍.

김춘추가 눈을 떴다.

그의 눈에는 기이하고 경이로운 빛이 담겨 있었다.

리디아 황녀는 자신의 힘을 집중해서 김춘추의 가슴을 바라보았다.

서클이다.

비록 한 개의 서클이지만.

뚜렷하게 그의 가슴에 자리 잡고 있었다.

"어, 어떻게 이럴 수가 있죠?"

리디아 황녀의 경악에 김한기가 시큰둥하게 말했다.

"아까 질문했던 대답이 이거야. 왜 인간의 몸에 있냐고 물었지? 난 저놈이 궁금하거든. 그래서 저놈이 어디까지 가나 나도 끝까지 따라가 볼 생각이야."

"……."

리디아 황녀는 아무런 말도 못하고 김춘추와 김한기를 바라보았다.

이윽고 그녀도 가만히 고개를 끄덕였다.

"오랜만이군."

이후석이 자신을 방문한 윤동현에게 악수를 청했다.

"자주 찾아뵈어야 하는데, 죄송합니다."

"죄송할 것까지 있어? 이제 대통령 사위가 됐으니 오히려 나하고는 적당히 거리를 유지해야지."

이후석이 윤동현의 어깨를 가볍게 두드리면서 말했다.

"면목이 없습니다."

"아니, 아니야. 내 말은 진심일세. 자네는 이제 대통령의 신임을 더욱 얻는 데 주목해야 하네. 그것이 바로 나를 위하는 일이고 자네 가문을 위하는 일임을 잊지 말게."

"사돈 어르신의 말씀을 명심, 또 명심하겠습니다."

윤동현이 고개를 조아렸다.

그는 작년에 대통령의 딸과 청와대에서 결혼식을 올렸다. 이제 겨우 그의 나이 25세.

앞으로 펼쳐질 그의 미래에는 장밋빛이 찬란하게 뻗어 있었다.

게다가 정·재계의 막후 실력자 중 하나인 이후석이 그의 고모부 큰형, 즉 사돈 관계였다.

그야말로 양쪽 날개가 제대로 달린 셈이었다.

"이 모든 일은 사돈 어르신의 덕분입니다."

윤동현은 다시 한 번 겸손하게 말하는 것을 잊지 않았다.

여러 가지 의미에서 그는 처세술이 젊은 나이임에도 매우 뛰어났다.

"아니지, 아무리 내가 지시를 했어도 효진이의 마음을 사로잡은 것은 자네지."

이후석이 흡족한 표정을 지으면서 말했다.

솔직히 그는 윤동현 외에도 대통령의 딸, 전효진이 서울대에 입학했을 때 이미 서너 명의 후보자들에게 같은 명령을 내렸다.

그러니 윤동현이 그 후보자들뿐만 아니라 같은 이유로, 혹은 순수한 마음으로 전효진에게 관심을 보인 수많은 경쟁자들을 물리치고 그녀의 마음을 얻어 낸 것은 그의 매력 덕이었다.

"그렇게 말씀해 주시니 송구스럽습니다. 그래도 제가 효진이와 결혼할 수 있었던 것은 어르신께서 힘을 써 주신 덕분입니다."

"물론 그렇지. 아무리 자네라고 해도 각하께서 쉽게 결혼 허락을 했겠어? 차일피일 시간을 끌었을지도 모르지. 하하하!"

"앞으로도 잘 부탁드립니다."

윤동현이 넉살 좋게 대답했다.

"나 역시 잘 부탁함세."

이후석은 그렇게 말하면서 작은 잔에 위스키를 따랐다. 그러고는 윤동현에게 한 잔을 넘겨주면서 말했다.

"두 가문을 위하여!"

"두 가문을 위하여!"

이후석의 선창에 윤동현이 따라서 말했다.

이후석은 자신의 앞에서 조심스럽게 몸을 돌려 위스키를 스트레이트로 마시는 윤동현을 바라보았다.

'이제 다시 청와대에 확실한 동아줄을 만든 건가.'

그의 얼굴에서 흡족한 미소가 피어올랐다.

"저어… 부탁하신 중동 관련 정보입니다."

윤동현이 잔을 내려놓고는 가지고 온 봉투를 열면서 말했다.

"이리 주게."

이후석은 갈색 대봉투를 받아 들고는 그 안에 든 서류들을 꺼내 들어 읽기 시작했다.

"다운스트림의 김춘추? 이자가 누구지?"

이후석이 인상을 쓰면서 질문했다.

그럴 수밖에 없는 것이…

중동 경제 협력단 사절단에 김춘추의 이름이 확연이 두드러졌다.

다른 것은 몰라도 재계 첫 번째 서열들과 나란히 어깨를 했다는 것만 해도.

이후석의 손아귀에는 그가 모르는 이름이 존재할 수가 없었다.

그런 까닭에 그는 몹시 불쾌한 감정을 느꼈다.

"마지막 장 보시지요. 안 그래도 궁금해하실 것 같아서 그에 대해서 조사를 시켰습니다."

윤동현이 재빠르게 대답했다.

"눈치 빠르군."

이후석은 아주 흡족해하면서 마지막 장을 먼저 쥐어 들었다.

김춘추에 관한 조사 자료.

그의 가족 사항과 최근 면제 받은 이유.

그리고 그가 운영하고 있는 회사 등과 사우디아라비아 무함마드 왕자와의 친분 관계가 자세히 나와 있었다.

물론 전세환이 재계 서열 3위 안에 든 자들과 김춘추만 불러서 회의 한 내용까지는 윤동현이 알 수가 없었다.

다만 모종의 거래가 오고 갔을 것이라는 추정 정도가 주석처럼 달려 있었다.

"음……."

이후석이 김춘추에 대한 자료를 전부 훑어본 후 짧은 신음 소리를 냈다.

하지만 그 이상 아무런 언급이 없었다.

"뭔가 아시는 거 있습니까?"

윤동현이 눈치 빠르게 물었다.

"아닐세. 자네는 그만 가도 좋아."

이후석의 축객령이 떨어지고 윤동현은 그 자리에서 일어섰다.

'뭔가 알고 있어. 날 이용만 하겠다 이거지… 저 영감탱이가.'

윤동현은 지금 이후석의 태도가 몹시 불쾌했다.

하지만 그는 그런 내색을 전혀 하지 않았다.

아직은 그의 때가 아니라는 것쯤은 그도 알고 있었다.

그는 구겨진 자존심을 드러내지 않았다.

그리고 정중하게 인사를 하고는 그 자리를 물러났다.

반면 이후석은 자신의 집무실을 나서는 윤동현을 물끄러미 본 후, 다시 한 번 김춘추에 관해 적혀 있는 자료를 보았다.

'허허… 거참, 신기한 인연이군.'

그는 김춘추를 알아보았다.

그의 할머니 박애자…

한때 신림동에서 무당을 했다고 적혀 있던 그 한 줄만으로도 7살 때 보았던 그 꼬마를 연상할 수가 있었다.

'병신 새끼가 어떻게 이런 기적을 일으켰지?'

김춘추에 대한 호기심이 치밀어 오름과 동시에 그의 뇌리에서 경고가 울리고 있었다.

좋지 않다.

자신의 손아귀에 있었던 존재이지만 지금은 손아귀를 벗어난 존재.

이 바닥만큼은 자신이 모르는 것이 없어야 한다.

그런데 김춘추는 자신이 아는 사고를 깨고 등장했다.

# 제6장

# 중동 (1)

전세환 대통령의 중동 순회 방문 하루 전날…

경제 협력단으로 뽑힌 김춘추와 각 그룹의 미래 후계자들과 수행원들, 그리고 실무진들은 두바이로 향하는 비행기에 몸을 실었다.

대통령과 경제 협력단이 방문하기 전에 도착해, 다음 날 일정이 차질이 없는지 확인하는 것뿐만 아니라 사전에 두바이의 실무진들과 약속된 사항이나 제안 등을 다시 한 번 검토하는 자리를 갖기 위해서였다.

김춘추는 이 자리에 자신의 수행원으로 김한기과 리디아 황녀를 데려왔다.

모종의 이유에서였다.

그들은 대통령의 중동 순회 방문이 끝나면 곧바로 레바논으로 건너가기로 계획을 잡고 있었다.

그리고 그런 이유가 없다고 해도, 앞으로 김춘추가 출장가는 데 있어서 리디아 황녀를 떼 놓기는 당분간 힘이 들 것 같았다.

어떤 이유에서든지 관악산의 동굴과 김춘추는 떼어 놓으려야 떼어 놓을 수가 없었다.

그렇다는 것은 김춘추가 어떤 상황이든, 그 자신이 모르고 있건 간에 리디아 황녀의 그분과 맞닿아 있을지도 모른다는 결론이 나왔다.

그가 판테온의 세계에 무지한 까닭에 동굴에 있던 마나를 몰랐던 것처럼.

아마도 언젠가 한 번쯤은 리디아 황녀의 그분을 스쳐 가듯이 만났을지도.

깊은 인연이 되었던 이들 중 하나일지도 모른다.

사실 위의 말은 리디아 황녀의 항변이었다.

김춘추를 따라나서겠다는…….

하지만 김춘추도 딱히 그녀의 말을 반박하지 않았다.

1서클의 주문을 알고 있고, 서클이 가슴에 있다고 하나 이것은 어디까지나 미비했다.

1서클의 마법이 할 수 있는 것은 고작 성냥에서 나오는 불 정도의 크기, 자신의 얼굴을 시원하게 만들어 줄 수 있는 미풍…….

물, 불, 흙, 바람 등을 다룰 수 있다고 하나 정말 약하디약한 힘이었다.

물론 이것만으로도 지구상에서는 초능력자 소리를 들을 수가 있었다.

그렇다고 자신의 능력을 대외적으로 알릴 생각도 없고, 이 정도의 마법에 만족할 마음도 없었다.

새로운 호기심, 마법.

이 세계에서 할 수 없었던 것들이 그의 손에서 창조된다는 즐거움이 생겼기 때문이다.

마나의 흐름과 움직임은 한번 맛보면 잊지 않는다.

이것은 리디아 황녀가 없더라도 김춘추 혼자 충분히 체득할 수가 있었다.

세계 방방곡곡을 다니면서 그나마 마나가 있는 곳은 그에게 사업과 출장이라는 굴레 외에 색다른 즐거움을 선사하게 된 셈이었다.

그런 까닭에 김춘추는 리디아 황녀가 따라다니는 것이 적지 않게 부담스럽긴 했어도 자신이 받은 것이 있는 이상 그 보답을 하기로 했다.

더구나 당분간 바쁘게 전 세계를 돌아다녀야 하니, 그녀에게 따로 시간을 내서 마법을 배울 시간이 없었다.

김춘추는 비행기 내에서도 끊임없이 움직였다.

정부 실무진들과 수행원들뿐 아니라 재계 실무진과 수행원들과 친분을 쌓기 위해서였다.

인재는 중요하다.

그리고 인적 네트워크망은 반드시 그의 사업에서 필요한 것이었다.

김춘추가 이렇게 이코노믹 석에서 바쁘게 움직이고 있을 때, 리디아 황녀와 김한기는 비즈니스 석에서 편안하게 휴식을 취하고 있었다.

원래 김춘추에게 나온 비즈니스 석을 리디아 황녀에게 양보한 것이었다.

그리고 그녀를 지키기 위해서 김한기의 좌석을 업그레이드해 주었다.

"더 필요하신 것은 없나요?"

스튜어디스가 상냥한 어조로 리디아 황녀와 김한기에게 물었다.

"어, 나 물 좀."

김한기가 주문을 했다.

"전 없어요."

리디아 황녀가 고개를 저었다.

"네. 잠시만요."

스튜어디스는 그렇게 말하고는 자신의 앞에 있는 카트 위에 놓여 있는 물주전자를 들었다.

그때였다.

"이 계집년아, 와인 갖다 달라고 할 때가 언젠데 아직도 거기서 노닥거려!"

미래그룹의 차기 후계자 정이선이 스튜어디스를 향해서 소리를 버럭 질렀다.

그도 이번 중동 경제 협력단의 사절단으로 이 비행기를 타고 있었다.

하지만 그는 기분이 매우 좋지 않았다.

자신이 내일이 아닌, 전날 비행기를 탔다는 이유만으로.

다음 날 대통령 각하가 타는 비행기에 함께 탑승했더라면 수많은 언론의 관심, 플래시를 받았을 것이기 때문이다.

그런데 난데없이…

할아버지의 명령으로 전날 수행원들이나 떠나는 비행기에 합류되었다.

미도파 백화점에서 일어난 일이 할아버지 정한영의 귀에까지 들어가 버렸기 때문이다.

그런 이유로 그는 몹시 기분이 언짢았다.

비행기에 탑승하자마자 내내 술을 들이켜고 있었다.

"죄송합니다. 곧 갖다 드리겠습니다."

스튜어디스가 허리를 숙여 사과를 했다.

사실 그녀의 잘못도 아니었다.

정이선이 앉아 있는 구역은 다른 스튜어디스의 담당이었다.

정이선이 너무 취한 것 같아 보였기에 담당 스튜어디스가 술을 갖다 주는 것을 망설이고 있었던 까닭이었다.

스윽.

"흐음… 당장 술을 못 갖다 준다 이거지?"

정이선이 비틀거리면서 자리에서 일어섰다.

그리고 스튜어디스가 있는 쪽을 향해 걸어오면서 말했다.

"술 대신 네 몸을 주는 게 어때?"

정이선의 말에…

여기저기서 킥킥거리는 소리가 났다.

물론 인상을 쓰는 사람들도 있었고.

아예 눈을 감아 버리는 사람들도 있었다.

지금 이곳이 비즈니스 석이라고 해도 실무진들과 수행원들로 이뤄진 특별기였기에 다른 손님들이 있을 리가 없었다.

그러니 이 중에서 미래의 정이선, 오성의 이사현 정도가 제일 힘이 강한 자들이었다.

하지만 지금 이사현도 정이선과 마찬가지 이유로 이 비행기에 타고 있는 것이 언짢았다.

그가 정이선의 희롱에 관여하지 않는 것이 더 이상할 정도였다.

뭐, 술을 마시지 않은 덕분이리라.

"죄송합니다. 죄송합니다. 곧 갖다 드리겠습니다."

스튜어디스의 얼굴은 금세라도 울 것처럼 새빨개졌다.

"너무하시네요."

리디아 황녀가 이 광경을 지나칠 리가 없었다.

"너무? 이거 어디서 나는 꾀꼬리 소리야?"

정이선이 리디아 황녀의 얼굴을 음흉하게 쳐다보았다.

걸렸다.

그의 얼굴에 승리의 빛이 스쳐 지나갔다.

그도 이 비행기에 리디아 황녀가 탄 것을 알고 있었다.

이런 미인을 못 알아볼 리가 있나.

하지만 일전의 망신 탓에 쉽게 다가갈 수가 없었다.

그래서 일부러 그녀의 앞에 있는 스튜어디스에게 시비를 걸었다.

너무도 간단하게 리디아 황녀가 발끈했다.

'좋지 않아.'

김한기가 이마를 찡그렸다.

사전에 김춘추에게 신신당부를 받았기 때문이다.

그래서 가급적이면 정이선 등 차기 후계자들의 거침없는, 무례한 발언들과 욕들을 무시하고 있었다.

그는 이코노미 석을 향해서 고개를 돌렸다.

"여어, 나 기억나?"

정이선이 리디아 황녀의 머리를 쓰다듬으면서 말했다.

"감히……!"

리디아 황녀가 순간 치밀어 오르는 모욕감에 자리에서 발딱 일어섰다.

정이선은 오히려 그런 리디아 황녀의 대응이 재밌다는 듯이, 그녀의 턱 끝을 자신의 검지로 올리면서 말했다.

"너도 사실 나 만나서 반… 어… 어… 어!"

정이선의 말은 오래가지 않았다.

쫘당.

그의 몸이 균형을 잃고 바닥으로 엉덩방아를 찧었기 때문이다.

더구나 그의 손이 허우적거리면서 카트를 밀었다.

그 바람에 카트 위에 있던 물주전자가 그의 머리를 향해서 쏟아졌다.

한마디로 물에 빠진 생쥐 꼴이 되었다.

"크크크……."

"풉!"

여기저기서 작게, 혹은 크게 웃는 소리가 들렸다.

정이선의 얼굴이 새빨개진 것은 물론이고 그의 머리는 분노로 정신이 없었다.

"감히 나를 쳐?"

"무슨 말이죠? 혼자서 넘어져 놓고는 이렇게 덮어씌우는 건가요?"

리디아 황녀가 정이선을 차갑게 바라보면서 말했다.

"무… 무슨 소리야! 누가 내… 발을……!"

정이선은 순간 주변의 시선이 싸늘해진 것을 느꼈다.

분명히 누군가 자신의 발목을 잡아당긴 것이 느껴졌다.

하지만 그 누구도 그의 발목을 잡아당기는 것을 보지 못했기 때문이다.

그럴 수밖에.

리디아 황녀가 마법으로 그의 균형이 무너지도록 인위적인 힘을 만들어 발목을 잡아당긴 것이었다.

실체가 없으니…

정이선은 억울했다.

그리고 이대로 물러날 그가 아니었다.

"이제 보니 네년이 내 발을 걸었군. 그 대가를 치를 준비는 됐겠지?"

그는 막무가내로 리디아 황녀를 몰아세우면서 그녀의 손을 거칠게 잡았다.

"그 손 놓지?"

김춘추의 싸늘한 목소리가 정이선의 등 뒤에서 들렸다.

어느새 그는 이코노믹 석에서 비즈니스 석으로 모습을

드러냈다.

"네가 뭔데 이래라저래라 하지?"

정이선이 콧방귀를 뀌면서 말했다.

그의 기분은 더욱 나빠졌다.

안 그래도 김춘추 때문에 이런 비행기에 탔는데 그 원흉을 다시 마주 대했으니 말이다.

"우리 수행원인데."

김춘추가 대꾸했다.

"흥, 너는 이런 어린애가 취미인가 보지? 로리콘인가? 하긴 누가 알겠어. 왕자하고 이런 취미 때문에 친해진 건지도 모르지. 아니, 맞다. 이 아가씨가 왕자에게 바치는 공물인가?"

정이선이 김춘추와 리디아 황녀를 음흉한 눈빛으로 번갈아 보면서 놀려 댔다.

푸하하하.

주변에서 웃음소리가 터져 나왔다.

방금 전, 정이선이 넘어졌을 때 웃었던 이들이 이번엔 정이선의 말에 김춘추를 함께 조롱했다.

좀 전의 웃음이 진심으로 터져 나온 거라면…

지금의 웃음은 일종의 아부성이었다.

"뭐 눈에는 뭐만 보인다더니. 영국 귀족 가문의 영애에게 그런 실례를 하고도 괜찮겠어?"

김춘추가 비릿한 웃음을 지으면서 말했다.

"귀… 족?"

정이선이 순간 말을 더듬었다.

"저분은 리디아 켄트, 켄트 백작의 질녀인데 몰랐나 보지? 그 머리에는 똥만 차 있어서."

김춘추가 신랄하게 말했다.

"케… 켄트 백작 질녀……."

정이선이 리디아 황녀를 바라보면서 더욱 난처한 표정을 지었다.

뚝.

주변에 웃었던 사람들은 언제 웃었냐는 듯이 외면해 버렸다.

이런 문제에 끼어서는 절대 안 되었다.

심지어 이사현조차 마찬가지였다.

물론 이들이 영국 켄트 백작 가문에 대해서 아는 것은 아니었다.

하지만 이들의 눈에 강대국 영국의 백작 가문은 너무도 크고 위대하게 다가왔다.

물론 영국 백작 가문 따위에게 자국 내의 선두라는 그룹의 후계자들이 자존심을 꺾는 것은 말이 안 된다.

하지만 지금의 이 상황은 정이선이 불러들인 것이었다.

그들의 눈에는 이 사달이 난 명백한 이유가 정이선 탓이었다.

아무 죄도 없는 스튜어디스에게 시비와 욕을 퍼부어 대고…

가만히 있는 여자에게 주접을 떨었으니.

그러다가 지가 넘어지고 지가 허우적거려 물벼락 맞고.

그리고 지가 저질에 가까운 발언을 했으니.

굳이 지금 정이선을 편들어 봐야 문제만 가문에 갖다 줄 뿐이었다.

김춘추는 주변을 바라보면서 그들의 반응을 확인하고는 비릿하게 웃었다.

정이선의 편을 들 자는, 아무리 그와 친한 후계자들이라고 해도 없다.

"어떻게 사과 받지?"

김춘추가 리디아 황녀를 바라보면서 물었다.

"이자를 이코노믹 석으로 보내 주세요. 같은 공간에 있는 것조차 기분 나쁘군요."

리디아 황녀가 재빨리 말했다.

"들었지? 백작가의 영애가 이렇게 말하시네. 더 이상의 추궁이 없도록 내 중간에서 잘 말해 주지. 이만 이곳에서 나가지."

김춘추는 이코노믹 석을 손가락으로 가리켰다.

정이선의 눈은 이글이글 분노로 타올랐다.

하지만 지금으로서는 더 어떻게 할 수가 없었다.

'두고 봐, 반드시 이 망신은 갚는다!'

그는 화끈거리는 주변의 시선에 재빨리 이코노믹 석 쪽으로 사라졌다.

그와 동시에 주변은 더욱 조용해졌다.

"쓸데없는 분란을 일으키지 마시죠, 백작가 따님."

김춘추가 낮게 으르렁대었다.

그녀가 마법을 사용한 것에 대한 추궁이었다.

"어쩔 수 없었어요."

리디아 황녀는 모기만 한 소리로 기어 들어가듯이 말했다.

"삼촌, 잘 좀 지키세요."

"아, 왜 나한테 그래? 난 잘못한 것도 없는데. 제길, 착한 내가 말 들어야지."

김춘추의 말에 김한기가 투덜거리면서도 고개를 끄덕였다.

두바이.

김춘추는 셰이크 모하메드 왕세자를 알현하고 있었다.

다부진 체격에 매부리코를 가진 왕세자는 한눈에 딱 봐도 신념이 차 있는 강인한 인상을 풍기고 있었다.

그는 떨떠름한 표정으로 김춘추를 바라보면서 입을 열었다.

"무함마드 왕자에게 얘기 들었소."

셰이크 모하메드 왕세자는 김춘추를 보자마자 바로 본론에 들어갔다.

그의 태도에서 느껴지듯이 그는 김춘추와의 대화를 빨리 끝내고 싶어 했다.

두바이의 미래를 위해서 동분서주하는 모하메드 왕세자는 한국의, 그것도 알려지지 않은 작은 회사의 오너와 이렇게 단독으로 시간을 가질 이유가 없었다.

오로지 사우디아라비아 무함마드 왕자의 소개 덕에 그에게 시간을 허락해 주는 셈이었다.

"시간을 내주셔서 감사합니다."

김춘추가 그런 모하메드의 태도를 모를 리가 없었다.

그는 사전에 준비한 자료를 꺼내어 그에게 내밀었다.

"이게 뭐지? 무함마드 왕자 말이 자네가 무슨 제안을 할 거라는데."

"맞습니다. 이것이 저의 제안입니다."

"흠……."

모하메드 왕세자는 자료를 집어 들었다.

곧 그의 입가엔 조소 어린 웃음이 서려 있었다.

"이 지역과 채굴권을 계약하고 싶다고?"

모하메드 왕세자는 자신이 제대로 본 것이 맞는지 확인하듯이 물었다.

"그렇습니다."

김춘추가 짧게 대답했다.

"음……."

모하메드 왕세자는 두 손을 깍지 낀 채로 김춘추를 바라보았다.

'무슨 속셈이지?'

지금 김춘추가 요구하는 채굴권, 그 지역은 이미 로열쉘이 20년 동안 유전을 개발 탐사한 곳이었다.

하지만 그곳에는 유전의 양이 너무도 미비했다.

그런 곳을 로열쉘이 20여 년 동안 막대한 개발탐사비를 쏟지 않았던가.

그러나 그 어떤 조짐조차 보이지 않았다.

사실 1964년 두바이에서 석유가 발견되어 비약적으로 발전에 탄력을 받게 된 것은 사실이나 이 근방의 아부다비와 비교해서는 새 발의 피에 가까웠다.

더구나 지리적으로 유전의 한계가 이미 보고된 나라이기도 했다.

그런데 이 청년은 그곳에서 채굴하겠다고 한다.

이미 로열쉘의 채굴권은 올해로 끝난다.

더구나 로열쉘은 더 이상 그곳의 채굴권을 연장하지 않겠다고 선언했다.

물론 다른 개발탐사 관련한 회사들도 마찬가지였다.

한마디로 알 파사 만은 버려지는 곳이었다.

모하메드 왕세자가 김춘추를 못 믿겠다는 듯이 말했다.

"대한민국 정부가 이 일은 아는 건가?"

그는 말을 비꼬아서 했다.

"저희 나라 정부 투자는 제가 알아서 하겠습니다. 채굴권 50년을 주시면 기존과 그대로 5 대 5로 유전이 발굴되면 나누겠습니다."

김춘추가 흔들림 없는 어조로 말했다.

"그야……."

모하메드 왕세자가 서류를 덮으면서 대답했다.

"우리로서는 손해 볼 일이 아니지. 누군가 그 지역을 계속해서 조사해 준다니 나로서는 좋을 수밖에."

그가 일어서면서 말했다.

김춘추도 따라 일어섰다.

"내일 대통령이 왔을 때 확실히 그 앞에서 서류에 사인하지."

모하메드 왕세자가 실소를 참으면서 말했다.

그는 김춘추를 호구로 결론 내렸다.

중동 지역에 석유가 난다고 하니 70년대 석유 파동을 겪었던 나라들이 여기저기서 어떻게든지 끈을 이어 보려고 애를 썼기 때문이다.

그중 태반은 로열쉘 같은 굴지의 정유사들 앞에 무릎을 꿇고 막대한 투자금을 잃고 물러갔다.

지금 이 젊은이도 마찬가지일 게다.

자국에서는 무슨 백이 뒤에 있을지는 모르지만.

어쨌든 호구 노릇을 하러 온 셈이었다.

그는 알 파사 만을 떠올리면서 쓴 미소를 지었다.

이런 호구들이라도 계속해서 그곳이 탐사되었으면 하고 바라는 것이 그의 솔직한 심정이었기 때문이다.

어쨌거나 대한민국 대통령 앞에서 이 사안을 걸고 넘어가면 된다.

적어도 이 젊은이는 자신이 벌이는 일이 얼마나 무모한 짓인지 그 인식도 없어 보였다.

모하메드 왕세자는 더 상의할 것도 없다는 듯이 김춘추에게 손을 내밀었다.

김춘추는 그의 성의 없는 태도에도 불구하고 인내심을 갖고 말했다.

"전 그곳에 유전이 존재할 것이라 믿습니다."

"물론이지. 존재는 하네."

모하메드 왕세자가 김춘추의 말에 심드렁하게 대꾸했다.

알 파사 만이 유전 자체가 아예 없는 것은 아니었다.

하지만 그곳의 유전을 채굴하기에는 오히려 그 비용이 너무 컸다.

그런 까닭에 로열쉘사는 비용 대비 수익을 낼 수 있는 유전의 양을 탐사해 나갔던 것이다.

하지만 20년 동안의 조사는 끝났다.

명백하게 드러난 것이다.

알 파사 만의 유전량은 현저하게 적다.

모하메드 왕세자는 김춘추를 보면서 더 이상 말 상대하는 것조차 짜증이 치밀었다.

유전에 관한 기본 상식도 모르고.

젊은 혈기에, 자신보다 훨씬 어린놈이 앞에서 이러쿵저러쿵 떠드는 것이 한심해 미칠 지경이었다.

반면 김춘추는 매우 여유로워 보였다.

오히려 왕세자가 자신을 그렇게 생각해 주었으면, 하고 바라는 것처럼.

두바이의 호구다운 행동과 발언을 서슴지 않았다.

두 사람의 만남은 금방 끝이 났다.

'이 정도면 됐나?'

김춘추는 알현을 마치고 나오면서 속으로 살짝 웃었다.

내일 전세환 대통령이 두바이 셰이크 라시드를 만날 때 오늘 왕세자와 다룬 협안에 사인을 해 줄 것이다.

이미 다운스트림 코리아를 한국에 세운 김춘추였다.

그리고 전세환 대통령의 욕심대로 50퍼센트의 지분을 그에게 주었다.

그리고 그는 지금 탐욕에 젖어 있었다.

김춘추가 나이지리아에서 탐사해 낸, 로열쉘조차 버린 지역에서 쏟아져 나온 유전에 관한 보고를 이미 받은 터였기 때문이다.

그러니 이 협안에 사인을 할 것이다.

'어디 보자… 유전이 제대로 확인되려면 1년이 걸리던가?'

김춘추는 두바이에 도착하자마자 김한기와 함께 바로 알 파사 만으로 향했었다.

김한기가 가진 그 능력, 천 년 산삼도 찾아내는 그 능력을 이용해서 유전이 아주 밑바닥 층에 있음을 확인했다.

그것을 끌어 올리려면, 아니 그 존재가 밝혀지려면 대략 1년 정도 탐사할 시간이 걸린다.

그동안 쏟을 막대한 자금은 전세환 대통령이 은행 대출을 통해 허락해 줄 것이다.

'흐음, 2년 정도로 갈까?'

김춘추의 눈빛이 강하게 출렁거렸다.

그는 자신의 회사를 전세환에게 줄 마음이 애초에 전혀 없었다.

그리고 자신의 것을 절대 권력이란 힘으로 뺏으려는 그에게 이대로 당할 생각도 없었다.

◈ ◈ ◈

대한민국과 두바이, 사전에 실무진이 협의한 대로 서류에 사인을 했다.

전세환 대통령은 셰이크 라시드와 함께 기분 좋게 너털웃음을 터트렸다.

아주 만족스러웠다.

다만 왕세자인 셰이크 모하메드는 비릿한 웃음을 지으면서 김춘추 쪽을 흘낏 쳐다보았다.

가소롭다.

어린 것이.

대통령의 신임을 어떤 경로로 얻었는지는 안 봐도 뻔했다.

사실 자신도 사우디아라비아의 무함마드 왕자가 아니었다면 그를 만나 주지도 않았을 것이다.

물론 만났다고 해도 그의 제안을 무시했을지도 모른다.

적어도 왕자가 있고 자국의 대통령이 사인을 하니 두바이로서는 완전 땡잡은 셈이었다.

계속해서 알 파사 만의 일꾼들을 고용할 여력과 그 주변의 상권이 유지되니 말이다.

곧 만찬회가 시작되었다.

김춘추가 모하메드 왕자에게 다가와 말을 걸었다.

"알 파사 만의 계약을 축하드립니다."

"용케도 대통령의 지원을 따냈군."

모하메드 왕세자가 탐탁지 않은 투로 말했다.

"사업이라는 것이 원래 그렇지 않습니까?"

"그렇긴 하지. 잘해 보게. 앞으로 50년 동안, 그 서류에 써 있는 대로 매해 투자를 하는 것 잊지 말게."

"그건 당연하죠."

김춘추가 모하메드 왕세자 말에 고개를 끄덕였다.

"강심장이거나 무모하군."

모하메드 왕자가 비웃듯이 한마디 했다.

"절 위해서 해 주시는 말씀으로 듣겠습니다."

"제법인걸."

모하메드가 김춘추의 대답에 의미 없이 중얼거렸다.

그는 그저 한시라도 빨리 김춘추와의 대화를 끝내려 했다.

자국에 투자를 하니, 적당히 상대해 줄 뿐이었다.

"이 정도의 일로 제법이라는 소리를 들으려면 멀었죠. 적어도 아일랜드를 개발시킨다면 몰라도."

"아일랜드?"

모하메드 왕세자가 김춘추의 말에 순간 자신도 모르게 반응을 보였다.

　그는 김춘추가 단단히 허세에 찌들었다고 생각했다.

　어쨌거나 자신들에게 투자한다면 그것은 고마운 법.

　원래 성정대로라면 당장이라도 등을 돌리고 김춘추에게 떨어졌으리라.

　하지만 그도 정치꾼이었다.

　자국의 이익을 위해서 가면을 쓸 줄 아는 인물이었다.

　"제가 알 파사 만에서 유전을 제대로 발견하지 못하면 두바이의 20년 뒤는 없는 건가요?"

　김춘추가 일부러 작정하고 모하메드의 기분을 거슬리는 발언을 했다.

　"무엄하군."

　"글쎄요. 막대한 투자를 50년 동안 알 파사 만에 하겠다는데도 벌레 보는 듯한 눈으로 보고 계신 분도 있던데."

　"……."

　모하메드 왕세자가 김춘추를 노려보았다.

　하지만 김춘추는 그가 노려보든 말든 신경 쓰지 않았다.

　"저희 나라에는 이런 말이 있죠. 누워서 감 떨어지기를 기다린다, 라는……."

　"누워서 감 떨어지기?"

　모하메드 왕자가 불쾌한 투로 말했다.

"산유국이랍시고 다 떨어진 감나무 아래 앉아서 계속 저와 같은 허세에 절어 있는 비산유국의 사업가들에게 돈을 뜯을 작정 아닙니까?"

"뚫어진 입이라고 막말을 하는군. 더는 들어 볼 가치도 없겠어."

모하메드 왕세자가 낮게 으르렁댔다.

주변의 시선을 의식한 까닭이었다.

"너무 정확하게 왕세자 전하의 의중을 간파해서 부끄러우신가 보죠? 그런데도 불구하고 제가 왜 투자를 할까요? 궁금하지 않으십니까?"

김춘추가 환한 미소를 지어 보였다.

"음……."

모하메드 왕세자는 신음 소리를 짧게 냈다.

그의 말이 구구절절 옳았기 때문이다.

"내가 왜 자네 말을 들어야 하는지 10분 내 말해 보게."

모하메드가 말했다.

"여전히 오만하고 자신만만하군요. 뭐, 저는 좋습니다. 원래 이곳이 마음에 들거든요."

김춘추는 그렇게 운을 떼고는 계속 말했다.

"제가 이곳이 마음에 드는 이유는 지형적인 위치가 매력적이기 때문입니다. 이곳에 중동 전역으로 이어지는 항만과 항공 시설을 갖춘다면 화물과 여객 교통의 중심지로 발

돋움하면서 중동과 페르시아 만 지역의 문화 중심지로 성장할 수 있겠죠. 물론 세계적인 대도시로 떠오를 테고요."

"꿈같은 일이군."

셰이크 모하메드가 김춘추의 말에 비꼬듯이 말했다.

물론 그가 김춘추의 말에 동의하지 않는 것은 아니었다.

아니, 방금 김춘추가 한 말은 그의 오랜 염원과 숙원이기도 했다.

하지만 어디까지나 이제 겨우 항만 시설을 세울 정도로 그의 꿈에 다가가기에는 턱없이 멀었다.

"드림 아일랜드를 만드십시오."

김춘추가 눈빛을 반짝이면서 말했다.

"드림 아일랜드?"

"뭔가 시선을 끌 만한 것이 이곳에 있어야 합니다. 이미 세계 교통의 중심지를 꿈꾸면서 많은 투자를 하고 있는 것으로 압니다. 단순히 교통의 중심지로 끝나면 의미가 없습니다. 드림 아일랜드와 세계에서 가장 높고 특이한 호텔이라면 전 세계인의 관심을 끌 것입니다. 관광객의 유치가 쉬워지겠죠."

"드림 아일랜드와 호텔이라."

"구경거리와 평생에 한 번 머물까 말까 한 호텔에서의 추억이 있다면 관광 사업은 반드시 성공합니다."

"그 드림 아일랜드라는 게 뭔가?"

모하메드 왕세자는 어제, 아니 방금 전까지 김춘추를 탐탁지 않게 여긴 것을 잊고는 질문했다.

"인공 섬을 만드는 겁니다."

"오호라, 인공 섬이라?"

모하메드의 눈이 반짝거렸다.

관광 사업에 대해서는 그도 이미 오랫동안 고민한 문제였다.

하지만 전 세계의 주목을 끌 만한 것들은 이미 다른 나라에도 얼마든지 있었다.

"두바이, 사막의 나라에 인공 섬이라……. 매력적인 관심 아닙니까?"

"화려하겠군. 흠… 한 가지만 더, 자네는 앞으로 관광 사업이 번창할 것이라 보는군."

"그렇습니다. 이제 전 세계는 기술의 발달로 점점 더 생활권이 가까워질 겁니다. 인류는 그 기술의 발달을 즐기게 되겠죠. 몇날 며칠을 걸려서 와야 했던 이곳이 이제 하루면 올 수 있게 되었다는 사실만 봐도 미래는 예측 가능합니다."

"흠……."

모하메드 왕자가 잠시 생각에 잠겼다.

지금 김춘추는 자신에게 엄청난 것을 가르쳐 주고 있었다.

요 몇 년 그가 고민했던 문제.

두바이의 위치를 최대한 활용해서 교통 요지로 만들겠다는 그의 야심이 현실화되려면 그만큼의 수입이 확보되어야 한다.

유전 고갈이 확실시되는 상황에서 마냥 돈을 투자할 수는 없다.

그런데 김춘추는 그 해결 방안을 알려 주었다.

한마디로 그의 오래된 묵은 때가 씻겨 내려가는 것만 같았다.

"그럼 저는 물러가겠습니다."

김춘추가 웃으면서 모하메드 왕세자가 제지하기도 전에 몸을 돌렸다.

모하메드 왕세자는 그런 김춘추를 넋 놓고 쳐다보았다.

당최 이해가 되지 않는 인물이었다.

앞으로 세계의 흐름을 정확하게 꿰뚫고 두바이가 성장할 수 있는 대안까지 제시한 인물이…

어째서 무모하게 자국의 돈을 알 파사 만에 버리려고 하는지 모르겠다.

'그 친구를 만나면 자네도 그의 매력에 빠질 걸세.'

사우디아라비아 무함마드 왕자가 한 말이 떠올랐다.

그는 조금 전까지만 해도 왕자의 말을 믿지 않았다.

하지만 지금은 그 말이 이해되었다.

묘한 호기심이 일었다.

김춘추라는, 동방의 작은 나라에서 온 젊은 청년에 대해서 더 알고 싶다는 충동이 일어나고 있었다.

제7장

# 중동 (2), 그리고 카타나 산

 김춘추 일행은 전세환 대통령과 경제 협력단보다 먼저 사우디아라비아에 도착했다.
 물론 무함마드 왕자는 그를 열렬히 환영해 주었다.
 "자네 또 모하메드 왕세자에게 사고 친 것 같은데?"
 "특별한 게 없는데."
 김춘추가 웃었다.
 그러고는 자신의 곁에 있는 일행을 소개시켰다.
 "이쪽은 우리 삼촌, 그리고 이미 알고 있겠지만 다운스트림의 본부장이자 내 모든 사업체의 대표이신 김한기 회장님."
 김춘추의 소개에 김한기가 약간 우쭐거리면서 인사를

했다.

"김춘추의 삼촌이면 저희 가족이라고 할 수 있죠."

왕자는 그러면서 아랍식 인사로 김한기의 코에 자신의 코를 갖다 대었다.

김한기는 얼떨결에 왕자의 친근한 인사를 받아야 했다.

"이 미인은 누구신가?"

무함마드 왕자가 리디아 황녀를 뚫어지게 보면서 물었다.

새하얀 도자기 같은 백옥 피부에, 조그마한 얼굴에 커다란 눈은 그야말로 현실성이 없어 보였다.

그의 주변에는 세계 탑 모델 등, 아름다운 여자들은 얼마든지 있었다.

하지만 리디아 황녀의 아름다움은 그들과 비교할 수가 없었다.

어디 그것뿐인가.

몸에서 뿜어져 나오는 자태와 기품.

그리고 요정이라고 해도 믿을 것 같은 이질적인 느낌은 그녀를 더욱 신비롭게 해 주고 있었다.

"리니아 켄트. 내 동생."

김춘추가 그녀를 소개했다.

"왕자님을 만나 뵈어 영광이에요."

리디아 황녀가 환한 웃음을 지면서 가볍게 인사를 했다.

"오, 이토록 아름다운 동생이라니."

무함마드 왕자는 리디아 황녀에게 무릎까지 꿇는 척하면서 그녀를 만난 기쁨을 표출했다.

"그런데 친동생은 아니겠지?"

무함마드 왕자가 웃으면서 말했다.

"그 질문 농담이시죠? 물론 친동생 아닙니다. 영국 유학 중에 알게 된 분의 조카입니다."

"으음? 나도 너랑 같은 학교 다녔는데. 젠장 이런 미인은 다 어디에다 숨겨놓고 다닌거지?"

무함마드 왕자가 투덜거렸다.

김춘추는 왕자에게 리디아 황녀가 켄트 백작가의 질녀라고 밝히지 않았다.

왕자가 마음만 먹는다면 켄트 백작가를 탁탁 털고도 남을 테니.

물론 앤더슨 왕자가 만들어 준 리디아 황녀의 신분이니 절대로 서투르게 만들지는 않았을 것이다.

사실 김춘추는 리디아 황녀의 신분을 만들 때 고민했었다.

평범한 인물로 만들 건지, 아니면… 귀족 자제로 만들 건지…….

하지만 리디아 황녀가 평소 보이는 태도는 황가의 여식으로서 품위가 저절로 배어 있었다.

그러니 귀족 자제로 만드는 것이 나중을 위해서 좋았다.
게다가 귀족 자제라는 신분은 그녀를 위급할 때 구해 줄 비밀 무기가 되기도 하고.
그 같은 결정은 곧 효과를 한 번 보지 않았던가.
두바이행 비행기 안에서는 상황상 어쩔 수 없이 그녀의 신분을 노출한 셈이고.
그 덕에 자칫 커다란 충돌이 미래그룹과 일어날 수 있는 것을 무마시켰다.
하지만 굳이 리디아 황녀의 신분을 드러내어 왕자의 쓸데없는 호기심을 사는 것은 피해야 했다.
'미안.'
김춘추는 무함마드 왕자를 바라보면서 속으로 말했다.
"같은 옥스퍼드에 다녔다고 모든 영국을 함께 다닌 것은 아니지."
김춘추가 무함마드 왕자의 말을 정정했다.
"쳇, 너무하군. 날 떼어 놓고 다닐 때부터 알아봤어야 해."
무함마드 왕자는 그렇게 투덜거리면서도 리디아 황녀에게 눈을 떼지 못했다.
"이제 겨우 17살이야."
"걱정 말라고. 내가 어떻게 하기라도 한다고."
김춘추의 경고에 왕자는 그렇게 말하고는 리디아 황녀에

게 손을 내밀었다.

"오늘 밤 묵을 숙소를 안내하겠습니다."

"어머, 영광입니다."

리디아 황녀가 왕자의 말에 환하게 웃으면서 드레스 자락을 잡듯이 살짝 손을 까닥거리면서 목례를 했다.

왕자는 리디아 황녀의 행동을 재빠르게 눈치챘다.

'영국 귀족들은 집에서 드레스만 입나?'

"……."

김춘추 역시 방금 리디아 황녀의 행동과 무함마드 왕자의 의심쩍은 눈빛을 보았다.

왕자에게 리디아 황녀가 켄트 백작가의 영애라고 말하는 것은 어렵지 않다.

하지만 만에 하나 그조차 가짜 증명서라는 게 들키면…….

계속해서 거짓말을 할 수는 없었다.

무함마드 왕자는 김춘추에게 있어서 현생에서 만난 제일 친한 첫 번째 친우였기 때문이다.

"내일 어떻게 되는 겁니까?"

김춘추는 무함마드 왕자와 단둘이 있게 되자 미안한 듯한 표정을 지으면서 물었다.

"알려 주는 대가로 1달러."

무함마드 왕자가 익살스럽게 말했다.

"왕자님, 많이 늘었는데요?"

김춘추가 웃으면서 자신의 앞에 놓인 크리스털로 만들어진 잔을 들었다.

"누구랑 다니면서 이렇게 됐지."

무함마드 왕자가 웃으면서 말했다.

그러고는 이내 정색하면서 사업 얘기를 꺼냈다.

"4 대 6이네. 일본 쪽이 앞서고 있지."

"어렵게 되는 건가요?"

김춘추는 이미 예상했는지 덤덤하게 물었다.

"한국 쪽에서 수주 단가를 더 낮추면 어떻게든 해 볼 수 있네."

"이거 너무하네요. 너무 야박하신 것 아닙니까?"

김춘추가 항변했다.

"난 어디까지나 회의실 분위기를 전한 거라고. 그리고 사장은 내가 아니고 우리 형이라고."

"그렇긴 하죠."

김춘추가 약간 이맛살을 찌푸리면서 계속 말했다.

"미래였으면 문제없을 텐데."

"그렇긴 하지. 미래건설이야 이미 이곳에서 정평이 나 있으니. 왜 하필 오성건설이 들어오는 거지?"

무함마드 왕자가 의심스러운 눈빛으로 물었다.

"곧 후계자에게 오너 자리를 넘기거든요. 아무래도 후계자가 직접 사장으로 있는 오성건설이 이 수주를 따내면 후계 구도가 확고해지겠죠."

"듣고 보니 그렇군. 자네가 중간에서 고생이 많네."

무함마드 왕자가 진심으로 안됐다는 표정을 지었다.

"그 덕에 방산 사업 분야의 점유율 30퍼센트를 저에게 떼 준다고 하네요."

김춘추가 웃었다.

"허허, 거기도 우리와 똑같은 식으로 운영되는군."

무함마드 왕자가 고개를 끄덕였다.

"여차하면 그 30퍼센트도 날아가 버리겠네."

"그렇게 될 수도 있죠."

"그렇게 될 수도 있다는 말의 의미는 뭐지?"

"오성이든 미래든 건설 분야에서는 제가 보기엔 큰 차이가 없어 보입니다. 다만 오성이 이쪽 기반이 약해서 이번 기회에 기반을 닦고 싶어 하는 거고. 왕자님이 한 번 기회를 주신다면 저야말로 영광이죠."

"나에게 기회를 달라? 그렇게 될 수도 있다는 말의 의미가 고작 그거였나?"

무함마드 왕자는 김춘추에게 무언가를 기대했다가 이내 실망한 표정을 지었다.

그가 아는 김춘추는 이런 식으로 달라붙지 않는다.

그에 해당하는, 더 큰 무언가를 주는 자였다.

"일본에서 드린 정보로는 부족했던 겁니까?"

김춘추가 씨익 웃었다.

짝.

"아, 그거!"

무함마드 왕자가 박수를 치면서 즐거워했다.

김춘추와 함께 일본에 갔을 때.

그가 건네주었던 일본의 다가올 미래에 관한 예측.

그것이 정확하게 맞아떨어졌다.

미국과 독일 등이 일본을 불러내어 뉴욕 플라자 호텔에서 강제로 합의를 보았기 때문이다.

일명 플라자 합의.

프랑스, 독일, 일본, 미국, 영국으로 구성된 G5의 재무장관들이 외환 시장의 개입으로 인하여 발생한 달러화 강세를 시정하기로 결의한 조치를 말한다.

이 조치로 인해서 일본 엔고의 강세가 이어지게 되었다.

엔고의 강세.

김춘추와 무함마드 왕자가 그 전에 이미 월스트리트 금융가에 일본 펀드를 사들인 것은 물론이었다.

그들은 그것으로 엄청난 이익을 벌어들였다.

"안 그래도 고맙다고 인사를 하려고 했지."

무함마드 왕자가 웃으면서 말했다.

"또 있잖습니까. 나이지리아."

김춘추가 잊었냐는 식으로 추궁했다.

"아, 그렇지."

왕자의 얼굴에는 벌써 진땀이 송골 맺히기 시작했다.

사실 그가 마음만 먹으면 수주를 오성에 낙찰해 주는 것도 어렵지 않았다.

하지만 그는 김춘추를 골탕 먹이고 싶었다.

너무 잘난 친우.

그렇다고 왕자가 김춘추를 시기하거나 그런 것은 아니었다.

그가 어떤 식으로 반응을 하는지, 어떻게 자신의 손아귀에서 빠져나갈지.

이 상황을 어떻게 타개하고 오성건설에 수주를 낙찰시켜 줄지 보고 싶었기 때문이다.

그는 김춘추의 끝없는 능력에 진심으로 감탄하고 있는 자들 중 하나였다.

"나이지리아는 완전 대박이었네. 설마 거기에서 유전이 그렇게 나올 줄은……."

"왕자님, 꽤 이익 보신 거 알죠?"

"떼끼, 자네가 7이나 가졌으면서."

"앞으로 더 얼마나 벌어 줄지 천문학적인 숫자에 이를지도 모른다는데, 아직도 측정 중인 것 잊지 마셔야죠. 더구나 돈보다 왕자님은 힘을 더 얻지 않았습니까? 왕자님이 투자한 곳이 잘되었다는 소문이 이 바닥에 쫙악 깔렸습니다."

김춘추가 능청스럽게 말했다.

"어험, 그거야 자네 덕이지."

"어쨌거나 얼굴마담은 왕자님이죠. 모든 칭송이 왕자님을 향하고 있습니다."

"어이고, 내 얼굴에 금칠을 하는군."

무함마드 왕자가 손사래를 치면서 말했다.

"이 정도면 제 덕을 꽤 본 듯합니다."

"크흠! 뭐… 나이지리아에 대한 답례는 할 걸세. 내가 입 딱 닦는 자는 아니잖은가? 그건 그렇고, 로얄쉘의 리치먼드 이사가 자네를 아주 벼르고 있네. 어쩌다가 그 양반의 눈 밖에 났는가?"

"그런 작자들의 이중성은 뻔하죠. 만약 제가 거기서 아직도 허탕을 치고 있었다면 그는 반주로 절 조롱하는 데 시간을 보내고 있었을 겁니다. 그 반대이면 아주 죽이려고 들겠죠."

"그렇긴 하지."

"그래도 제가 왕자의 수하로 알려져 있으니 걱정은 안 합니다. 설마 절 죽이게 놔두시지는 않겠죠?"

김춘추가 웃으면서 말했다.

"그거야 당연하지. 사와디가 자네의 신변 경호에 만전을

기하고 있네."

"아니, 우리 다운스트림 사장님을 아직도 경호원으로 부려 먹고 있습니까?"

김춘추가 따지듯이 물었다.

"아, 그건 아니고. 상황이 어떤지 물어봤더니… 아니, 나보다 사와디가 더 좋은가?"

왕자가 반격에 나섰다.

"그건 아니고요. 마지막으로 하나만 더."

김춘추가 주변을 한 번 두리번거리더니 왕자에게 나지막하게 말했다.

"일본 금융 회사들은 이제 더는 견디지 못하고 하나둘씩 붕괴될 것입니다."

"왜 그리 생각하나?"

"급격한 엔고에 적응하는 데 실패했으니깐요. 더구나 일본회사들은 자국의 부동산을 사는 데 자신들의 돈을 낭비하고 있습니다. 지금 일본 땅은 기존보다 엄청나게 뛰어오르고 있습니다. 그러니 줄줄이 도산할 겁니다."

"……!"

왕자가 김춘추를 바라보면서 간신히 입을 떼었다.

"자네는 어떻게 그리 소상하게 아나?"

"일본 쪽에 정보망이 있습니다."

김춘추가 웃으면서 말했다.

그는 고대 백제의 후손, 후지이라 가문을 떠올렸다.

중신겸족의 사당을 방문한 이후, 김춘추는 후지이라 가문의 수장과 은밀한 만남을 갖고 있었다.

"이거 놀라운데? 최대한 빨리 일본 쪽의 투자는 회수해야겠네."

무함마드 왕자가 말했다.

그는 진심으로 김춘추를 믿었다.

그의 판단력과 그가 세계 경제를 보는 분석을…….

옥스퍼드대에서 이미 증명하지 않았던가.

김춘추의 분석은 한 번도 틀린 적이 없었다.

그 덕에 무함마드 왕자는 꽤 큰돈을 벌어들였고, 잇따른 사업의 성공은 곧 수다이지 가문 내에서 주목받는 인재로 힘을 갖게 되었으니.

"이 정도면 오성건설이 수주를 따는 데는 문제없겠네요."

김춘추가 할 말을 다 했다는 듯이 왕자의 얼굴을 쳐다보았다.

"이거 졌네."

무함마드 왕자가 고개를 끄덕이면서 말했다.

지금 김춘추가 알려 준 정보만으로도 그가 얻게 될 이익은 오성건설에 수주를 주는 것보다 더욱 큰 이득이었다.

무함마드 왕자의 항복 소리가 떨어지자마자 김춘추는 자

리에서 일어났다.

"그러면 왕자님만 믿겠습니다."

"어, 어디 가려고?"

"저도 자야지요."

"그러지 말고 일행들을 불러서 차 한잔 하자구."

무함마드 왕자가 흰 이를 내보이면서 웃었다.

"속 보여요."

김춘추가 고개를 절레절레 흔들었다.

그의 친우마저 리디아 황녀의 외모에 정신을 차리지 못하고 있기 때문이다.

김춘추는 성공적으로 사우디아라비아에서 자신의 역할을 끝냈다.

오성건설이 사우디아라비아의 새로운 수주를 낙찰 받는 것으로 확정되었기 때문이다.

그 뒤에는 무함마드 왕자의 입김이 작용되어 있었다.

물론 왕자가 수많은 형제들을 제치고 그와 같은 힘을 가질 수 있었던 것은 김춘추 덕분이기도 했다.

그러므로 서로가 만족스러운 결과였다.

물론 전세환 대통령이나 오성그룹은 무함마드 왕자와 김

춘추의 관계가 상당히 돈독하다는 것만을 다시 확인했지만 말이다.

연일 만찬회가 벌어질 때, 김춘추는 일행을 데리고 사우디아라비아의 북서쪽에 있는 시나이 반도를 찾았다.

이집트.

절대로 잊지 못할 추억이 있는 곳이기도 했다.

'저기군.'

김춘추는 멀리서 보이는 카타나 산를 바라보았다.

해발 2,637미터의 카타나 산은 화강암 산지로 뒤덮여 있는데, 이는 홍해 연안을 따라 뻗은 아프리카 산지의 연장이기도 했다.

"이곳에 뭐가 있는 거지?"

무함마드 왕자가 불쑥 얼굴을 내밀면서 김춘추에게 질문했다.

"추억이죠."

김춘추가 솔직히 시인했다.

"도대체 18년을 살면서 얼마나 많은 추억을 쌓은 거지?"

무함마드 왕자가 이해가 안 된다면서 한마디 했다.

"듣고 보니 그러네요."

리디아 황녀가 무함마드 왕자의 말에 맞장구를 쳤다.

왕자의 격의 없는 태도와 장난기 넘치는 행동에 그녀도 이제 제법 익숙해졌다.

"그렇지? 전 세계가 다 춘추 손바닥 안이라니깐. 정말 세상은 불공평해."

무함마드 왕자가 투덜거렸다.

"왕자님의 입에서 세상이 불공평하다는 얘기가 나올 줄이야."

김춘추가 기가 막힌다는 듯이 말했다.

"그런데 춘추야……."

김한기가 옆에서 김춘추를 불렀다.

"네, 삼촌."

"왕자님 말이 맞아. 너 너무 잘났어."

김한기는 그러면서 엄지손가락을 치켜세웠다.

"아니, 이분들… 제 팬으로 위장하시는 겁니까?"

김춘추가 황당하다는 듯이 말했다.

"팬 맞아."

무함마드 왕자가 웃으면서 대답했다.

"왕자님, 말 한마디로 절 따라온 것을 넘어가려고 하는 것은 아니겠죠?"

김춘추가 절대로 넘어가지 않겠다는 듯이 말했다.

사실 무함마드 왕자가 자신을 따라오겠다고 할 줄은 몰랐다.

아직 사우디아라비아 대통령 궁에서는 전세환 대통령과 경제 사절단을 맞이하는 만찬회가 한창이었기 때문이다.

이번 공사 수주에 관해서 가장 큰 키를 잡고 있는 무함마드 왕자였기 때문에 그 자리를 쉽게 빠져나올 수가 없었다.

 실질적으로 국영 기업에서 그의 친형보다 왕자의 입김이 더욱 강했기 때문이다.

 그런데 왕자가 빠져나와 김춘추 일행을 쫓아왔다.

 김춘추는 그런 왕자의 행동에 혀를 내둘렀다.

 "이미 왔는걸."

 무함마드 왕자가 재빨리 리디아 황녀의 뒤로 가 숨는 척했다.

 물론 그 큰 키가 숨겨질 리는 없었다.

 "왕자님… 호호호."

 리디아 황녀가 기분 좋게 웃었다.

 "저 빼고 어느새 이렇게 친해지셨습니까?"

 김춘추는 투덜거렸다.

 하지만 그의 표정은 활짝 웃고 있었다.

 어쨌거나 왕자나 김한기는 그가 좋아하는 사람들이었으니.

 하지만 앞으로 왕자가 계속 쫓아오지 않을까 하는 생각에 미치자 자신도 모르게 등골이 다 서늘했다.

 저 눈치 빠른 왕자가 리디아 황녀의 정체를 알아채는 것은 시간문제가 되어 버리니깐.

절대로 왕자가 계속 쫓아오도록 해서는 안 되었다.

'왕자님, 이번만 허락하는 겁니다.'

김춘추는 무함마드 왕자를 보면서 속으로 미안해했다.

예전부터 왕자가 김춘추 자신을 무척 좋아한다는 것은 잘 알고 있었다.

물론 그도 친우로서 왕자가 좋았다.

그렇다고 해서 자신의 삶 전체를 공유할 마음은 없었다.

"여기서 잠깐 천막을 치죠."

김춘추는 그렇게 말하고는 사전에 연락한 이집트인 인부들에게 재빨리 지시를 내렸다.

그가 그런 데는 이유가 있었다.

김한기를 시나이 반도, 이 카타나 산으로 데려온 목적이기도 했다.

김춘추는 과거, 고대 이집트에서 살아 본 적이 있었다.

그때 그는 한 물건을 보았다.

아주 성스러운…

오직 왕만이 가지고 있는 물건.

그리고 그 왕은 사랑하는 시바 여왕에게 그 물건을 건네주었다.

시바 여왕은 왕의 선물이자 사랑의 징표를 가지고 자신의 나라로 돌아가게 된다.

하지만 그때 그녀는 임신 중이었고, 이미 유부녀였던 시바 여왕은 자국으로 바로 돌아가기보다는 일부러 시나이 반도를 돌면서 아이를 출산하고 자국으로 돌아갔었다.
 그리고 그 물건은 그 왕과 시바 여왕의 결실인 아들에게 전승되었다고 알려져 있었다.
 물론 혹자는 시나이 산에 여전히 숨겨져 있을 것이라고 떠들곤 했다.
 하지만 김춘추는 그렇지 않다는 것을 알고 있었다.
 과거 어떤 경로로 우연하게 입수한 시바 여왕의 기록 때문이다.
 '진실……'
 김춘추는 중얼거렸다.
 시바 여왕은 자국으로 들어갈 때, 그 물건을 이곳에 숨겨 놓았다.
 그것이 김춘추가 아는, 오랜 역사 속의 비밀이었다.
 '그리고 저 카타나 산, 어딘가에 있지.'
 "저 산에서 느낌이 오긴 오는데."
 김한기가 작게 속삭였다.
 김춘추는 주변을 둘러보고는 고개를 끄덕였다.
 '이렇게 대화하지.'
 김춘추가 머리로 대화를 시도했다.
 -저놈이 무섭냐?
 김한기가 재밌는 구경거리가 생겼다는 듯이 물었다.

'무섭기보다 귀찮지. 리디아 정체가 탄로 나면 줄줄이 탄로 나겠지.'

-난 탄로 나도 상관없는데.

'세상 편하게 살아서 좋겠군.'

-크크크크, 저 왕자 놈이 리디아에게 단단히 빠진 것 같은데?

'왜들 리디아 황녀에게 관심을 갖는지. 귀찮게 됐어.'

-이 돌멩아.

'돌멩이라니?'

-넌 저렇게 예쁜 애를 보고서도 아무렇지 않아?

김한기가 답답하다는 듯이 말했다.

'여동생이 없다 보니 저렇게 싹싹하고 귀여운 여동생이 있으면 얼마나 좋을까 하는 생각은 하는데.'

-으이구, 말을 말자. 다른 건 다 앞서 가는데. 여자에 관한 분야는 숙맥이네.

'……'

-언젠간 후회할 거다. 저렇게 예쁜 애가 지상에 존재하는 게 흔한 일인 줄 알아?

'다른 세계에서 왔으니깐 그렇지.'

김춘추가 심드렁하게 말했다.

-다른 세계라고 저렇게 예쁜 애가 흔할 것 같아?

'그거야 모르지.'

-내 장담하건대, 저만한 미모는 어디서도 찾을 수 없을걸?

'그렇다 치자.'

김춘추가 관심 없다는 듯이 말했다.

김한기는 몹시 답답한 듯이 소리 질렀다.

-어휴, 이 답답아! 너 나중에 후회한다? 안 그러면 내 손가락을 지진다.

'오오, 그 말 접수.'

-말을 말아야지.

김춘추가 가볍게 받아쳤다.

솔직히 그는 리디아 황녀에게 동생 이상의 감정을 느끼지 못했다.

김한기가 포기했다는 듯이 말했다.

'어쨌든 알았어. 본론으로 들어가자. 어느 쪽이지?'

김춘추의 얼굴에서 긴장의 빛이 역력하다.

-음······.

김한기가 눈을 들어 카타나 산 전체를 살펴보았다.

5분, 10분······.

시간이 흘러갈수록 김춘추는 살짝 초조해졌다.

'혹시 내가 잘못 알고 있는 걸까. 아니야, 문헌의 기록은 틀리지 않아.'

김춘추는 아랫입술을 깨물었다.

그리고 산을 바라보았다.

그때였다.

그가 산에 너무 집중해서 그런 걸까?

두근두근.

김춘추의 심장박동이 자신도 모르게 빨라졌다.

'이건 마나다.'

분명 자신의 아지트에서 느꼈던, 마나의 기운이 미약하게 느껴졌다.

마나를 느낀 서클이 빠르게 그것을 흡수하기 위해서 애를 쓰고 있었다.

지구상에는 마나가 거의 존재하지 않는다고 해도 될 만큼 그 양이 희박하다 보니 이렇게 마나 밀도가 높은 지역에 오면 서클이 자연스럽게 마나를 부른다.

물론 그 사실을 김춘추 자신이 의식하는 것은 아니었다.

그런 레벨이 되기에는 그는 아직 1서클에 불과했다.

하지만 그의 정신이 집중되다 보니 어느새 산에 있는 마나를 느끼는 것이었다.

그와 동시에 자신의 가슴이 뛰고 서클이 반응을 보인다는 것을 인지할 수가 있었다.

'확실히 다르군.'

김춘추는 생전 처음 느껴 보는, 이런 생소하고 이질적인 느낌이 신기하기까지 했다.

또한 재밌었다.

'역시 오래 살고 볼 일이라니까.'

김춘추의 입가에서 슬며시 미소가 피었다.

-저곳이야.

이윽고, 김한기가 말했다.

그의 말투는 확신에 차 있었다.

'고마워.'

김춘추는 일부러 김한기가 말하기 전에 마나를 느끼게 된 것을 말하지 않았다.

생색내기 좋아하는 김한기에 대한 배려였다.

-이 몸에게 빚진 거다? 으하하하!

'접수하지.'

김춘추는 그렇게 말하면서 자신의 가슴을 한번 스윽 바라보았다.

그리고 다시 김한기에게 물었다.

'정확한 위치를 알 수 있겠어?'

-당연하지. 이 몸을 믿으라고! 당장 올라가도 찾을 수 있어.

김한기가 자랑스럽다는 듯이 말하면서 큰 소리로 웃었다.

"으하하하하!"

"삼촌, 좋은 일이 있어요?"

리디아 황녀가 무함마드 왕자와 수다 떨다 말고 이쪽을

보면서 말했다.

"크크크, 아니다. 하던 일이나 마저 해라."

김한기가 김춘추의 눈치를 보면서 대답했다.

"칫, 두 사람은 말도 없이 산만 주구장창 쳐다보는 거예요?"

리디아 황녀가 토라진 표정으로 말했다.

하지만 그녀는 이미 알고 있었다.

적어도 그녀는 4서클의 마법사이지 않은가.

김춘추가 느낄 수 있는 마나의 기운을 그녀가 모를 리가 없었다.

그러니 지금 저 두 사람이 무엇을 하는지 그 목적은 몰라도, 적어도 김춘추가 무슨 생각을 하는지는 알 수 있었다.

마나.

그의 표정을 보면, 그가 감추려고 해도 느껴졌다.

유레카!

'호호호, 모른 척해 주는 것을 고마워하세용.'

리디아 황녀가 슬며시 미소를 지었다.

순간 김춘추와 눈이 마주쳤다.

그가 고개를 끄덕이자 그녀도 고개를 끄덕였다.

"왕자님, 아까 하다 만 얘기 마저 해 주세요."

리디아 황녀는 자신들을 수상쩍은 시선으로 바라보는 무함마드 왕자에게 다정한 목소리로 말했다.

"이런 얘기 재밌나 보지?"

왕자가 신이 나서 말했다.

"그럼요, 저는 중동은 처음이라서. 문화나 전통 이런 게 너무 신기해요. 계속 이야기를 들려주세요."

리디아 황녀가 왕자의 말에 맞장구를 쳤다.

이내 왕자는 다시 이야기에 열중했다.

'눈치 빠르군.'

김춘추 입장에서 리디아 황녀가 몹시 마음에 드는 순간이었다.

-얘가 센스가 장난 아니네.

김한기가 옆에서 대화를 걸었다.

'그렇긴 하네.'

-쯧쯧!

김한기가 혀를 찼다.

하지만 같은 얘기를 도돌이표 연주하듯 할 필요는 없었다.

김춘추의 성격을 너무도 잘 아는 까닭에.

그리고 그는 지금 자신이 느낀, 그 이질적인 기운의 정체가 몹시 궁금했다.

김춘추가 느낀 마나의 흔적쯤은 김한기도 알 수 있었다.

하지만 그것 말고도 더 있었다.

-저게 뭐야?

'…….'

김춘추가 잠시 침묵을 했다.

어차피 김한기가 알게 될 일이긴 했다.

아무리 숨겨도 그만은 숨길 수 없으니깐.

이번 생이 재밌다고 여긴 것도 애초에 김한기란 존재, 아니 티페우리우스 엘 칸이란 존재가 등장했기 때문이기도 했다.

김춘추가 입을 열었다.

'성궤입니다.'

ㅡ……! 성궤? 성궤가 뭐야?

김춘추의 말에 김한기가 이해 못했다는 듯이 되물었다.

'…….'

김춘추가 말을 아꼈다.

사실 성궤가 아닌 다른 아티팩트가 카타나 산에 존재할 수 있었다.

그리고 마나가 지구상에 희박할 뿐이지, 두 세계가 연결되어 있다면 그의 아지트 같은 곳이 세계 곳곳에 존재할 수는 있으니.

반드시 지금 느끼는 기운의 원천이 성궤라고 단정할 수는 없었다.

물론 시바 여왕의 기록이 정확하다면 성궤이겠지만.

속단은 금물이었다.

김춘추는 눈을 들어 카타나 산 정상 부근을 복잡한 눈으로 바라보았다.

성궤.

그는 성궤가 단순히 탐이 나서 이곳에 온 것은 아니었다.

자신이 갖고 있는 신물, 목숨을 부지하게 해 주는 능력을 가지고 있는 아티팩트…

그것이 리디아 황녀에 의해서 판테온의 마법으로 이루어진 물건임을 알게 되었다.

그 순간 그의 머릿속에 떠오른 게 바로 이 성궤였다.

성궤는 과거 수많은 이적을 보여 주었다.

신의 권능, 성궤.

바다를 가르고 질병을 창궐케 하며 커다란 우레를 만들어 기적을 보여 주었다.

'어쩌면 판테온의 대마법사가 만든 아티팩트이거나 드래곤의 아티팩트일지도……'

김춘추는 조심스럽게 추리했다.

자신이 갖고 있는 단순한 아티팩트에 비하면 성궤가 보여 주는 신의 권능이란 힘은 무지막지했다.

리디아 황녀에게 물어보았다.

자신이 문헌에서 보았던 각종 이적을 부릴 수 있는 아티팩트의 능력이 어느 수준인지.

그리고 그녀의 대답은 그의 짐작이 틀리지 않았음을 증

명했다.

그런 아티팩트는 인간이 다다를 수 있는 7, 8서클의 대마법사들이 만들었을 수도 있었다.

그리고 드래곤.

'드래곤의 아티팩트라……'

김춘추가 거기까지 생각에 미치자 성궤에 대한 걱정이 일어났다.

드래곤의 아티팩트는 확연히 힘이 다르다고 리디아 황녀가 아티팩트에 관해서 설명하면서 알려 주었다.

만약 이런 아티팩트들이 나쁜 마음을 먹은 사람들의 손에 들어가면 사회 질서 전체가 흔들릴 수도 있다고 했다.

그 말에 김춘추는 성궤를 찾아 나서기로 했다.

'아직까지는 이 세계가 좋거든.'

김춘추는 혼자 속으로 중얼거렸다.

자신이 살아온 이 세계가, 한낱 다른 세계에서 온 물건 따위에게 흔들리는 것이 싫었다.

그는 눈을 들어 다시 한 번 카타나 산 정상을 바라보았다.

# 제8장

# 카타나 산

# 퍼펙트 마이스터

"헉, 헉."

무함마드 왕자는 가쁜 숨을 몰아쉬었다.

"왕자님, 괜찮으세요."

리디아 황녀가 걱정스런 눈빛으로 물었다.

"아, 아니."

무함마드 왕자는 쪽팔린 표정을 지었다.

그는 자신의 앞에서 묵묵하게 걸어가고 있는 김춘추와 김한기의 등을 바라보았다.

게다가 그의 옆에는 리디아 황녀가 발걸음을 맞춰 주고 있었다.

이런 개 쪽팔리는 일이 다 있나.

네 사람은 지금 카타나 산 정상을 향해서 걷고 있었다.
'해발 2,637미터라고!'
왕자는 속으로 절규했다.
그냥 단순히 동네 뒷산이 아니다.
그들의 짐은 동행하는 베두인족 5명이 나눠서 들고 있었다.
물론 그들이야 이곳에서 태어나 거친 황야과 돌덩어리 산에 단련되었으니 그렇다 치자.
그리고 김춘추야 워낙 특출 난다 치자.
뱁새의 다리로 쫓아갈 수 없는 황새가 김춘추라고 왕자가 평소 생각하니깐.
그런데 배불뚝이 아저씨 김한기가 김춘추와 나란히 잘도 올라가고 있었다.
그래, 그것도 그렇다 치자.
한때 뭔가 날린 몸이니깐 김춘추가 나이지리아에도 데려가고 그랬겠지.
하지만, 하지만… 이건 정말 아니다.
왕자는 코에서 콧김이 뿜어져 나오려는 것을 간신히 참았다.
그는 지금 제 한 몸 건사하기도 힘들었다.
하지만 힘들다는 것을 전혀 티 낼 수 없었다.
그 이유는…

그 이유는…….

"왕자님, 물 좀 드세요."

리디아 황녀가 해맑은 미소를 지면서 물통을 건네준다.

개 쪽팔리다.

이런 감정은 태어나서 처음 겪어 보는 왕자였다.

마음 같아서는 괜찮다고 말하고 싶지만…

그녀가 건네주는 물통이 너무도 절실하다.

왕자 자신이 가지고 있던 물통 안의 물은 이미 바닥나 버렸으니…….

'어떻게 멀쩡할 수가 있지?'

왕자는 리디아 황녀를 바라보았다.

산을 오르는 동안 그녀는 전혀 힘들어하지 않았다.

그녀의 얼굴은 평온해 보였으며 이 더위에도 불구하고 땀조차 흐르지 않으니…….

미치겠다.

'내가 이토록 저질 체력이었단 말인가?'

무함마드 왕자가 아랫입술을 깨물었다.

그는 부들거리는 손으로 리디아 황녀가 건네준 물통의 물을 단숨에 마셨다.

꿀꺽꿀꺽.

"크으으……."

'살 것 같다.'

"고……."

왕자는 리디아 황녀에게 고맙다는 인사를 하려다가 이미 그녀가 김한기의 뒤를 쫓아간 것을 보고 쓴 미소를 지었다.

'왕자님, 미안.'

리디아 황녀는 리디아 황녀대로 무함마드 왕자에게 살짝 미안했다.

그녀는 4서클의 마법사, 비록 지구에서 1서클 정도의 마법을 구사할 수가 있다고 하나…

이곳 카타나 산을 오르면서 높아지는 마나의 밀도 덕에 2서클의 마법까지 마음대로 시현할 수가 있었다.

그녀는 마법으로 자신의 몸을 가볍게 한 것은 물론이고 신체를 강화시켰다.

그리고 머리 위에 보이지 않는 냉기를 시현시켜 뜨겁게 내리쬐는 땡볕 아래서도 시원하게 있을 수 있었다.

어디 그것뿐인가.

김한기에게도 자신과 같은 마법을 걸어 주었다.

보통 마나를 아껴야 하지만…

이곳은 정말 이상하게도 마나의 밀도가 산 정상에 가까워지면 가까워질수록 매우 높았기 때문이다.

그래서 자신의 가슴에 충분한 마나가 넘치는 것을 확인한 그녀는 김한기에게도 실컷 마법의 은혜를 베풀었다.

물론 김춘추는 지금 1서클의 마법을 이것저것 시현 중

이었다.

왕자 모르게 말이다.

'그래도 평소보다는 덜 힘들었을 거예요.'

리디아 황녀는 뒤따라오는 무함마드 왕자를 흘낏 돌아보았다.

왕자가 못 느껴서 그렇지.

그녀가 살짝 신체 강화 마법을 그에게도 걸어 주었다.

평소 그의 체력대로라면 절대로 자신들의 속도에 맞춰서 올라오지 못했을 것이었다.

"춘추 오빠, 왜 이 산을 카타나라고 한 거예요?"

리디아 황녀가 김춘추에게 말을 걸었다.

"성녀 카타나가 310년경 알렉산드리아에서 참수 당했는데, 그 시신이 나중에 이곳에서 발견되었다 한다. 천사들이 이곳에 옮겨 놓았다고 전해지고 있지."

"성녀 카타나?"

리디아 황녀가 고개를 갸웃하면서 물었다.

"이집트 알렉산드리아 왕의 외동딸이라고 알려져 있어. 당시는 그리스도인들이 박해 받던 시대였지. 그녀가 어떤 환시를 보고 그리스인으로 개종한 것뿐 아니라 뛰어난 학식으로 학자들마저 그리스도인으로 개종하는 큰 사건도 벌어졌다고 해. 그녀에 관해서는 여러 가지 에피소드가 있지. 나중 자료 찾으면 더 보여 줄게."

김춘추가 친절하게 설명했다.

중동을 함께 여행 다니면서 싹싹하고 센스 있는 그녀의 진면목을 느끼면서 더욱 여동생처럼 각별하게 챙기고 있었기 때문이다.

"아항, 그러면 저기 정상에 보이는 건 뭐예요?"

리디아 황녀가 고개를 끄덕이면서 다시 물었다.

"성녀 카타나의 시신이 발견된 곳에 세워진 기념 경당."

"그렇구나."

리디아 황녀가 밝게 웃었다.

김춘추와 리디아 황녀가 서로 웃으면서 대화를 하는 동안, 무함마드 왕자는 거친 숨을 내쉬면서 그 광경을 지켜보아야 했다.

도저히 체력이 따라 주지 않으니… 그들의 대화에 낄 마음조차 없었다.

하지만 여기서 김춘추에게 투덜댄다면 구박 받을 게 뻔했다.

따라오지 말라는 것을 굳이 자신이 몰래 뒤쫓아 왔으니.

'이렇게 힘들 줄 알았으면 오지 않았을 텐데.'

무함마드 왕자는 진심으로 후회하고 있었다.

"다 왔습니다!"

가장 선두에서 걷고 있던 베두인족이 뒤를 돌아보면서 영어로 소리쳤다.

모두가 고개를 끄덕였다.

그중 왕자가 제일 기뻐한 것은 물론이고.

꿀꺽꿀꺽.

"무슨 산이 온통 바위투성이냐."

왕자는 투덜거리면서 김춘추가 내민 물통을 받아 들고는 물을 마셨다.

"수고 많으셨어요."

"힘들다."

"압니다."

"나 좀 업어라."

"리디아보고 업으라고 할까요?"

김춘추의 농담에 왕자가 손사래를 쳤다.

"농담이다."

"압니다."

"진지한 표정으로 대꾸하지 말라니깐."

"하나도 안 진지한데요. 몹시 재밌어요."

김춘추가 말했다.

"하하하! 넌 뭔 말을 해도 진지하게 들린다."

왕자가 여전히 거친 숨을 쉬면서도 김춘추의 농담에 기분이 풀어졌는지 큰 소리로 웃었다.

그때 김한기가 김춘추를 돌아보았다.

-저 건물에서 무언가 새어 나오는데.
'저곳에 들어가 봐야겠군.'
김춘추와 김한기는 서로 눈짓을 했다.
"어, 어? 두 사람 뭐 텔레파시라도 하나?"
무함마드 왕자가 농담조로 말했다.
그 말에 김춘추는 살짝 놀랐다.
정말 왕자의 눈치는 알아주어야 한다.
'저 안에서 별일이 없어야 할 텐데.'
김춘추가 살짝 이맛살을 찌푸렸다.
성녀 카트리나의 시신이 발견된 곳.
그리고 그 위에 세워진 경당.
오랜 세월 동안 이곳을 방문한 이는 수없이 많을 것이었다.
하지만 그 누구도 이곳에서 이상한 점을 발견하지 못했을 것이다.
이 이질적이고 묘한, 그리고 복잡한 기운은 단순히 고밀도 마나의 존재만으로는 뭔가 설명이 불가능했다.
그렇다는 것은 성궤, 혹은 그와 유사한 아티팩트, 신물 같은 것이 존재할 수가 있었다.
"여기까지 오시느라 수고 많으셨습니다."
김춘추는 일행의 짐과 길 안내를 해 준 베두인족들에게 정중하게 인사를 했다.

베두인족들도 일행에게 인사를 건네고는 짐을 넘겨주고 산 아래로 재빠르게 내려가기 시작했다.

"왜 돌려보내?"

무함마드 왕자가 물었다.

"길 안내만 해 주기로 하고 고용한 것이거든요."

김춘추는 왕자에게 그렇게 둘러댔다.

마음 같아서는 저들과 함께 무함마드 왕자도 돌려보내고 싶었다.

지금 경당에서 흘러나오는 이 이질적인 기운.

좋지 않다.

그의 본능이 그렇게 말해 오고 있었다.

'왕자에게 바짝 붙어 있어야겠군.'

김춘추는 속으로 생각하면서 김한기에게도 몰래 경고를 주는 것을 잊지 않았다.

저벅저벅.

김춘추 일행은 경당 안으로 들어갔다.

사실 경당 안은 그다지 볼 것도 없었다.

문 한 번 열고 안쪽으로 머리만 내밀면 더 이상 볼 게 없을 정도로 황량한, 단순한 건물이었다.

하지만 김춘추의 눈에는 그런 경당이 달라 보였다.

자신이 관악산에 설치했던 진법과는 다른, 하지만 그보다 더 굉장한 힘이 느껴지는 방어막이 안에 설치되어 있었다.

-춘추 오빠, 조심해요.

리디아 황녀가 텔레파시로 알려 왔다.

마나의 밀도가 높은 곳인 만큼 텔레파시 역시 원활하게 시현 가능했다.

그리고 무함마드 왕자가 옆에 있으니 대놓고 경고를 줄 수도 없었다.

'왕자 곁에 바짝 붙어 있어.'

김춘추가 리디아 황녀에게 지시를 내렸다.

아무래도 이곳에서라면 자신보다는 리디아 황녀가 가장 능력이 강하다.

그녀가 힘을 쏟는다면 2서클, 아니 3서클까지 마법 시현이 가능하니깐.

우뚝.

김춘추는 자신의 정면으로 보이는 벽면을 가만히 노려보았다.

돌덩어리를 다듬어서 세워진 벽은 굉장히 견고해 보였다.

하지만 이 벽은 단순히 견고한 벽, 그 이상이었다.

'이곳이로군.'

지금 새어 나오는 이 강렬하고도 기분 나쁜, 강한 방어막의 원천지였다.

'해제는 어떻게 하지?'

김춘추가 리디아 황녀를 돌아보면서 텔레파시로 물었다.

-제가 4서클 마법을 이곳에서 시현할 수 있게 된다고 해도 이건 해제 못 시켜요.

리디아 황녀가 울상인 표정으로 대답했다.

고요한 정적.

무함마드 왕자만이 이 상황을 이해하지 못하는 채 눈동자만 굴리고 있었다.

뭔지 모르겠지만.

지금 자신을 뺀, 이 세 사람은 엄청 심각한 표정을 짓고 있었다.

애초에 김춘추가 아무런 이유도 없이 시나이 반도에 온 것이 아닌 거야 그도 아는 사실이고.

도대체 무슨 꿍꿍이속인지…….

"여기 무슨 꿀단지라도 있나. 왜들 이렇게 심각해?"

왕자가 일행들을 보면서 물었다.

"사실 꿀단지가 있거든요."

김춘추가 시인했다.

"진짜?"

왕자가 흠칫 놀라면서 물었다.

"그렇다니깐요. 그런데 그걸 어떻게 찾아야 할지 모르겠네요."

김춘추는 이 상황을 두루뭉술하게, 그다지 심각하지 않게 얘기했다.

"흠… 이 조그만 곳에 꿀단지가 숨겨져 있다라……."

무함마드 왕자가 두리번거리면서 사방을 바라보았다.

그러고는 무언가 떠오른 게 있는지 김춘추가 서 있는 곳으로 다가왔다.

툭, 툭, 툭, 툭, 툭.

왕자는 벽면, 정중앙에 자신의 주먹을 갖다 대었다.

다시 정중앙에서 20센티미터 떨어진 왼쪽을 한 번 치고, 그와 같은 방식으로 오른쪽, 위, 아래를 쳤다.

…….

아무런 일도 일어나지 않았다.

왕자가 약간 겸연쩍은 표정으로 김춘추와 일행을 보면서 말했다.

"이게 왜 안 열리지? 뭐, 안 열리는 것 보니 별게 없나 보지."

"방금 한 게 뭡니까?"

김춘추의 눈빛이 강하게 출렁거렸다.

"왕가에서 흔히 사용하는 암호 같은 거."

"암호요?"

"길을 열어 달라는 의미도 있고 문을 열라는 의미도 있지."

왕자가 말했다.

"아……!"

김춘추가 짧게 탄성을 냈다.

그러고는 다시 왕자와 같은 방식으로 벽면을 향해서 자신의 주먹을 갖다 대었다.

좀 전의 왕자하고 다른 점이 있다면…

마나를 자신의 주먹에 집중시켰다는 것.

정중앙, 왼쪽, 오른쪽, 위, 아래.

툭, 툭, 툭, 툭, 툭.

그 순간…

후드드득. 후드드득.

경당 전체가 흔들렸다.

"어, 어……!"

무함마드 왕자가 자신도 모르게 소리쳤다.

리디아 황녀가 황급히 왕자의 옆에 가서 실드를 쳤다.

지금 왕자가 알게 되고 말고는 문제가 아니었다.

하지만 왕자는 자신의 주변에 투명막이 쳐져 있다는 것조차 몰랐다.

경당 전체가 매우 심하게 흔들렸으며 심지어 천장에서는 돌멩이가 떨어지기 시작했다.

이대로라면 경당이 무너질 게 뻔했다.

"나가야 해!"

무함마드 왕자가 소리를 질렀다.

그러나 일행들은 그 자리에서 꼼짝도 하지 않았다.

카타나 산 • 253

'제길, 다들 왜 이래?'
왕자가 일행들의 태도에 의구심을 갖는 순간.
파아악.
타타타탁. 탁.
그의 발밑이 무너졌다.

소리들이 외쳤다.
"*그들이 온다!*"
"*예정된 자인가?*"
"*아니다.*"
"*그러면 어떻게 하겠는가?*"
"*모른다.*"
"*결정하라!*"
"*여왕에게 맡긴다.*"
"*여왕을 깨워라!*"
"*여왕을 깨워라!*"
"*여왕을 깨워라!*"
사방엔 온통 소리들로 가득 찼다.

"라이트."
리디아 황녀가 낮게 중얼거렸다.
파앗.

순간 주변이 밝아졌다.

그녀는 자신을 빤히 쳐다보고 있는 무함마드 왕자의 눈과 마주쳤다.

그녀보다 왕자가 먼저 정신을 차리고 있었던 게 분명했다.

"방… 금 그게 뭐, 뭐… 지?"

왕자가 놀란 가슴을 진정시키면서 물었다.

"마법이요."

김춘추가 어느새 옆으로 다가와서 말했다.

"마법? 그게 이 세계에서 가능하단 말인가!"

왕자가 벌떡 자리에서 일어났다.

"저분은 이 세계의 존재가 아니거든요."

김춘추가 리디아 황녀를 가리키면서 말했다.

"설… 명 좀……."

무함마드 왕자가 심호흡을 하면서 말했다.

김춘추가 간단히 리디아 황녀를 만나게 된 경위를 설명했다.

왕자는 어느새 침착성을 되찾았는지 고개를 끄덕이면서 듣고 있었다.

"그러니깐 너는 중국의 진법 같은 것을 설치할 수 있는 고수고, 리디아는 다른 세계에서 온 황녀라는 거군."

무함마드 왕자가 김춘추의 말에 핵심을 짚으면서 말했다.

"생각보다 잘 적응하시네요."

김춘추가 짧게 웃었다.

"뭐, 명색이 왕잔데 보통 사람들보다야 특별한 일들을 많이 접하긴 하지. 그래도 이런 것은 우리 왕실에서도 모를걸."

무함마드 왕자가 그제야 굳은 얼굴을 풀면서 말했다.

"일부러 숨겨서 죄송해요."

리디아 황녀가 말했다.

"뭐, 상황상 어쩔… 잠깐, 혹시 여기 올라오면서 마법을 사용해서 몸을 가볍게 했거나……."

무함마드 왕자가 뭔가 억울하다는 듯이 외쳤다.

"아……."

리디아 황녀가 고개를 끄덕이면서 신음 소리를 냈다.

"이거 다들 너무하는걸. 어쩐지 저 양반조차 땀을 안 흘리더라고!"

왕자가 억울하다는 듯이 김한기를 바라보면서 소리쳤다.

"이렇게 될 줄 알았으면 진작 밝힐 걸 그랬죠."

김춘추가 능글거리면서 대답했다.

"내가 체력이 약한 게 아니었어."

왕자가 허탈한 웃음을 지어 보였다.

김춘추는 무함마드 왕자의 표정을 보고는 미안해졌다.

하지만 이미 벌어진 일이었다.

"이제 가시죠. 황녀께서 왕자님을 지켜 드릴 겁니다."

김춘추가 웃으면서 말했다.

"여기서 절대 강자가 리디아 황녀로군."

무함마드 왕자가 리디아 황녀를 진심으로 부럽다는 듯이 보면서 말했다.

마법이라는 것.

이 세계에 존재하지 않는 기이한 능력.

그녀가 다른 세계에서 왔다는, 왕자로서는 다소 아쉬운 소식이었지만.

그래도 마법사라는 것이 그의 호기심을 더욱 자극했다.

'이참에 다른 세계 사람과 결혼하는 첫 번째 인물이 되어 볼까?'

왕자는 속으로 진지하게 고민까지 했다.

'다행이군.'

김춘추는 무함마드 왕자가 의외로 냉정하게 리디아 황녀와 마법에 대한 것을 받아들여서 내심 안도했다.

아니, 오히려 왕자의 눈빛은 그 이상으로 빛나고 있었다.

평소 다른 사람들보다 적극적이고 개방적인 왕자가 무슨 생각을 할지 안 봐도 뻔했다.

김춘추와 일행은 주변을 신중하게 살펴보면서 앞으로 나아갔다.

그들이 떨어진 곳은 경당의 지하.

이런 지하가 설치되어 있다는 사실은 그 누구도 짐작하지 못했을 것이다.

'이곳은 보통 사람들은 절대 들어오지 못한다.'

김춘추는 더욱 긴장의 끈을 놓지 않았다.

처음 경당을 대면했을 때 느낀, 그 기이하고 이질적이며 기분 나쁜 느낌은 더욱 진하게 흘러나왔다.

가도 가도 끝이 없다.

이것은 말이 안 된다.

산 정상에 설치되어 있는 경당의 위치를 보아서는 이렇게 긴 터널이 존재할 수가 없었다.

휘익.

화살 하나가 정면에서 날아왔다.

'이크!'

김춘추는 본능적으로 화살을 피했다.

"말도 안 돼!"

리디아 황녀가 경악하듯이 말했다.

지금 이들은 그녀의 실드 안에 있었다.

그런데 실드를 뚫고 화살이 들어왔다.

그것뿐만이 아니었다.

그들의 눈에 보이는 전면은 끝없이 이어진 통로에 불과했다.

그런데 그곳에서 화살이 날아왔다.

어디서?

누가?

설령 장치가 있다고 해도 정면으로 날아오는 화살이라면 가공할 힘이 필요했다.

김춘추는 자신의 마나를 끌어 올려 마법 주문을 외웠다.

리디아 황녀가 쳐 놓은 실드에 자신의 힘이라도 보태기 위해서였다.

이대로라면 그 자신뿐 아니라 일행 전체가 위험하기 때문이다.

"너도야?"

김춘추를 향한 무함마드 왕자의 눈이 부러운 빛으로 가득 찼다.

"……."

김춘추는 대답 대신 고개만 조용히 끄덕였다.

상황상 그의 적은 힘이라도 보태야 했다.

무함마드 왕자에게 자신이 마법사가 되었다는 사실이 드러나는 한이 있더라도 말이다.

아직 1서클에 불과한 김춘추는 마법을 시현하기 위해서는 긴 주문이 필요했다.

그러니 왕자가 보기에도 그게 무엇을 하는 건지 대충 짐작할 수 있었다.

리디아 황녀가 고개를 끄덕였다.

그리고 그녀도 자신의 능력을 최대한 끌어 올렸다.

방금 전의 실드는 2서클로 만들어 놓은 것이었다.

카타나 산을 오르면서 그녀의 가슴엔 그녀가 담을 수 있는 최대한의 마나가 모였다.

다소 아쉽긴 했지만.

목숨이 먼저였다.

그녀는 4서클의 주문을 외웠다.

실드만큼은 최강으로 만들어야 하니깐.

휙, 휙, 휙.

김춘추와 리디아 황녀의 예상은 틀리지 않았다.

정면에서 수없이 많은 화살이 날아왔다.

팅, 팅, 팅.

화살은 다행히도 실드를 뚫지 못하고 바닥으로 우수수 떨어졌다.

"휴……."

김춘추와 일행은 그제야 안도의 한숨을 쉬었다.

하지만 방심하기에는 상황이 일렀다.

팟.

갑자기 어둠이 찾아왔다.

황녀가 마법으로 켜 놓은 라이트 주문이 사라졌음을 의미했다.

김춘추도…

리디아 황녀도…

재차 주문을 해 보았지만…

이미 실드에 전력을 다한 상태인지라 빛을 불러올 수가 없었다.

'판테온이었다면……!'

리디아 황녀가 아랫입술을 꽉 깨물었다.

고작 4서클 마법 하나 시현했다고 마나가 고갈되지는 않는다.

그런데 이곳은 서클조차 불안정하다.

그러니 마나가 모였다가도 마법 하나에 힘이 부쳤다.

그녀로서는 매우 아쉬운 상황이었다.

모처럼 김춘추를 도울 수 있는 기회였는데.

"최선을 다했어."

김춘추가 리디아 황녀의 마음을 알고는 옆에서 작게 중얼거렸다.

그러고는 일행들을 향해서 소리쳤다.

"다들 붙어 있어!"

지금 상황은 뻔했다.

적어도 리디아 황녀보다 상위의 마법이 가로막고 있었다.

그는 재빠르게 상황을 판단했다.

어디선가 음침하고 기분 나쁜 소리가 들려왔다.

*"단 한 사람만 이곳을 통과한다."*

"……."

김춘추가 잠시 침묵을 했다.

"제가 가겠어요."

리디아 황녀가 말했다.

김춘추보다는 그녀의 마법이 더 강하니깐.

적어도 이곳에서는 그녀가 제일 강한 자였다.

"방금 황녀님의 마법도 막혔습니다. 그러니 누가 간다고 해도 다 똑같습니다. 제가 이곳으로 여러분들을 데리고 왔으니 제가 가겠습니다. 제가 여러분들보다는 이곳에 대해서 더 잘 아니까요. 잠시만 기다려 주십시오. 곧 돌아오겠습니다."

김춘추가 일행들에게 말했다.

모두가 침묵했다.

그의 말이 맞기 때문이다.

"내가 간다."

김춘추가 목소리에게 말했다.

*"어서 와라."*

음침한 소리가 말했다.

그와 동시에 김춘추의 모습이 사라졌다.

김춘추는 자신의 앞에 서 있는, 전신에 황금을 두르고 서 있는 여왕을 바라보았다.

문헌에서 묘사하고 있는 시바 여왕과 흡사하게 생겼다.

"당신은 누구입니까?"

그럼에도 김춘추는 물었다.

그러자 그녀의 호위인 아누비스가 발끈했다.

"감히 여왕 폐하께 질문을 하다니, 어리석은 놈!"

"가만있거라. 참으로 재밌는 자가 아니더냐. 이자는 내가 시바 여왕임을 모르지 않는다. 그의 눈동자가 그렇게 알려주고 있지."

시바 여왕이 김춘추를 바라보았다.

김춘추가 가만히 고개를 끄덕였다.

"난 죽은 자이다. 이것으로 네 질문에 대답이 되었느냐?"

"그렇습니다."

"그렇다면 이번엔 내가 질문하겠다. 넌 누구야?"

시바 여왕이 김춘추를 호기심 어린 눈초리로 물었다.

"죽은 자도 아니요 산 자도 아닙니다."

"어디서 여왕 폐하께 망발을 하느냐!"

아누비스가 김춘추의 대답에 또 한 번 발끈했다.

"아니다. 이자는 진실을 말하고 있다."

시바 여왕이 한 손을 올려 김춘추에게 달려들려고 하는 아누비스를 제지했다.

"이번엔 제 차례군요. 왜 이곳에 계시는 겁니까?"

김춘추가 물었다.

"난 관리자에 불과하지."

시바 여왕이 쓸쓸한 표정으로 대답했다. 그리고 다시 김춘추에게 질문했다.

"넌 왜 이곳에 있느냐?"

"그것을 확인하러 왔습니다."

시바 여왕이 김춘추의 말에 살짝 인상을 썼다.

"너도 그것을 탐내는 자이더냐?"

"모르겠습니다."

김춘추가 솔직하게 말했다.

"흥미롭군. 삶에 달관한 그대가 한낱 물건에 관심을 보이다니. 그것이 무엇인지 아느냐?"

"성궤. 이계의 물건. 혹은 드래곤의 물건 아닙니까?"

김춘추는 여왕의 질문에 자신이 알고 있는 사실과 리디아 황녀가 알려 준 정보를 바탕으로 자신의 추측을 곁들였다.

"……."

시바 여왕이 김춘추를 조용히 바라보았다.

김춘추는 그 정적을 깨지 않고 조용히 인내심을 가지고 기다렸다.

"내가 어쩌면 좋을까?"

시바 여왕이 중얼거렸다.

"저자와 그 일행들을 죽이면 됩니다."

아누비스가 말했다.

"과연 죽일 수 있을까? 삶과 죽음을 떠돌고 있는 자를 상대로."

시바 여왕이 김춘추를 뚫어지게 보면서 말했다.

✢ ✢ ✢

서울 신림동, 김춘추의 집 앞.

이윽고 검은 선글라스에 검정 양복을 입은 사내가 벨을 눌렀다.

"계십니까."

그러자 안에서 이예화가 나왔다.

"누구세요?"

"이곳이 관악산 꽃선녀님 댁 아닙니까?"

"아, 그 무당."

이예화가 짐짓 모르는 척 말했다.

"이곳에 아직도 살고 계십니까?"

사내가 물었다.

"얼마 전에 이사 갔어요."

이예화가 달갑지 않은 표정으로 대답했다.

"어디로 갔는지 아십니까?"

사내가 다시 물었다.

"제가 전 주인이 어디로 이사 갔는지까지 알아야 하나요?"

이예화가 사납게 대꾸하고는 대문을 힘차게 닫았다.

쾅!

"이래서 무당 집은 사는 게 아니라니깐!"

담 너머로 이예화의 짜증 섞인 목소리가 울리는 것을 사내도 들었다.

사내는 잠시 난처한 빛을 띠었다.

그러고는 정차되어 있는, 고급 외제차 앞에 다가갔다.

끼이익.

차 창문이 내려졌다.

"뭐래?"

이후석이었다.

"얼마 전에 이사 갔다고 합니다."

"언제?"

"그것까지는……."

"멍청한 놈. 여자애 하나 설득 못해서."

이후석이 한심하다는 투로 말했다.

"죄, 죄송합니다."

사내가 연신 허리를 숙였다.

그런 사내를 이후석은 냉정하게 바라보았다.

어차피 무당 하나가 이사 간 집을 찾아내는 것은 누워서 떡 먹기나 다름없는 일이었다.

하지만 김춘추가 귀국하기 전에 그 할머니를 붙잡아 알

아내야 한다.

어떻게 그가 병신에서 멀쩡한 놈이 됐는지.

'석연치 않아.'

오랜 정치 생활에서 쌓인 그의 연륜과 감이 그렇게 알려 오고 있었다.

"넌 관악산에 빨리 가 봐. 애들 잘 단속하고."

이후석이 사내에게 그렇게 말하고는 바로 차창 문을 닫았다.

고급 외제차는 미끄러지듯이 사내를 내버려 두고 그곳을 빠져나갔다.

'제길, 무당 년이 이사 간 게 내 탓인가.'

사내의 얼굴에서 짜증이 확 일어났다.

그러고는 관악산이 있는 쪽으로 발걸음을 옮겼다.


이미 관악산 입구에는 등산복을 입은 등산객 5명이 서 있었다.

모두가 건장한 체격을 가진 사내였다.

검정 양복을 입은 사내가 택시에서 내리자 그중 한 명이 그에게 다가갔다.

"오셨습니까······."

"시작하지."

사내의 말에 등산객들이 일제히 산 입구 쪽으로 향했다.

산 입구에 다다르자 그들은 배낭에서 각자 무언가를 꺼냈다.

"수치 확인해."

검정 양복을 입은 사내가 명령을 내리자 모두 말없이 고개만 끄덕였다.

이들은 함께 산에 오르며 중간 중간 흩어졌다 모이기를 산 정상까지 반복했다.

"이쪽도 길이 있는데."

등산복을 입은 한 사내가 말했다.

그의 말에 다른 두 명의 사내가 발길을 그곳으로 돌렸다.

그들은 수풀을 제치고 앞으로 나아갔다.

그러자 탁 트인 공터가 드러났다.

"흠, 이런 데도 있군."

"금줄이네."

한 사내의 말에 다른 사내가 손으로 금줄을 가리키면서 말했다.

"무당이 쳐 놓은 건가?"

"무당 따위는 신경 쓰지 말고."

"그럼 확인해 볼까?"

사내들은 일사분란하게 자신들이 가지고 있는 특수 장비를 들고 공터 주변과 절벽이 있는 곳까지 꼼꼼하게 확인을 하기 시작했다.

공터 쪽을 조사하던 사내가 외쳤다.

"에테르 농도 정상!"

"난 저쪽으로 가 보지."

다른 사내가 절벽 쪽을 가리키면서 말했다.

조금씩 움직일 때마다 기계에 측정되는 수치가 움직이기 시작했다.

사내의 얼굴이 굳어지고 있었다.

이들은 모두 연의 조직원들이었다.

제9장

재회

퍼펙트 마이스터

바위 쪽으로 사내가 바짝 다가갔다.

다른 사내들은 이미 자신들이 맡은 구역의 수치를 확인했는지 맥 빠진 표정으로 서 있었다.

"정상이네."

바위 앞에서 사내가 허무하다는 듯이 말했다.

"무당 따위."

다른 사내가 중얼거렸다.

그러자 또 다른 사내가 맞장구를 치면서 자신의 손에 들린 특수 장비를 바라보았다.

특수 장비 화면에는 수치의 변화가 거의 없었다.

"무당이 쳐 놓은 곳이라 기대했는데, 별거 없군."

"무당들이 그렇지."

다른 사내가 조롱하듯이 말했다.

"제길, 이 넓은 산을 언제 다 뒤지냐."

바위 앞에서 사내가 푸념하듯이 말했다.

관악산의 줄기는 이곳만 있는 것이 아니었다.

서울과 안양을 경계로 넓게 퍼져 있었기 때문이다.

"게다가 관악산도 별게 없으면 청계산으로 넘어가야겠지."

다른 사내가 암담하다는 듯이 말했다.

"연구소 놈들은 앉아서 지시만 하지. 좆 같은 것들이."

한 사내가 욕설을 지껄이면서 품 안에서 담배를 꺼냈다.

그러고는 길게 한 모금을 내쉬면서 말했다.

"니들도 피우라고."

담배를 피우던 사내의 말에 다른 2명의 사내는 서로 얼굴을 바라보더니 이내 고개를 끄덕였다.

임무 중에 담배를 피워서는 안 되긴 했다.

하지만 지금 이곳엔 자신들끼리만 있다.

등산로를 따라서 산을 오르는 것도 힘든데 이들은 산을 지그재그로 돌면서 올라왔다.

그들이 아무리 건장하고 단련한 사내라고 하나 온몸에서 땀이 철철 흐르고 있었다.

담배 한 모금이 간절한 타이밍이었다.

"그까짓 전력 좀 나갔다고 우리에게 병신 짓을 시키다니……!"

먼저 담배를 물었던 사내가 여전히 불만 섞인 투로 말했다.

"모르지. 위에서는 전력 나간 것이 이 근방 어디와 관련 있다고 판단하나 봐."

"제길!"

사내가 짜증 난다는 듯이 담배를 땅바닥에 버렸다. 그러고는 발로 담배꽁초를 밟았다.

"여기선 더 시간 낭비할 필요가 없겠어. 가지."

다른 사내에게 말했다.

세 사내는 곧 그곳을 떠났다.

그들은 전혀 알지 못했다.

김춘추가 이곳을 떠나기 전, 그가 이곳에 존재했던 마나의 기운을 전부 흡수했다는 것을.

그 덕에 김춘추도 자신이 알지 못하는 사이에 한 번의 위기를 넘긴 셈이었다.

삼청각.

대통령 비서실장 황영수와 신민당 총재 이민기가 이곳에

서 은밀한 만남을 갖고 있었다.

"자자, 한 잔 받으시게."

황영수가 자기에 담긴 경주법주를 이민기에게 따라 주면서 말했다.

"아이고, 형님, 형님께서 직접 잔을 따라 주시다니 영광입니다."

"영광은 무슨. 내가 동생한테 이까짓 술 한 잔 못 따라 주겠나."

이민기의 말에 황영수가 넉살좋게 말했다.

"이번엔 자네가 양보해야지."

"그게……."

황영수의 말에 이민기가 난처한 빛을 띠었다.

"내일 각하와 영수 회담이 있는데 지금 이러면 곤란하지."

황영수가 이민기를 야단치듯이 말했다.

"……."

이민기가 손에 들린 잔을 들고 고민하는 표정을 지었다.

그도 그럴 수밖에.

지금 이 나라는 독재에 맞서 민주화의 거센 열풍이 피어오르고 있었다.

신민당은 그 기세를 타고 2.12일 직선제 개헌을 위한 1,000만 명 서명 운동을 재야 세력의 호응 속에 3월에 서울

시지부를 결성하고 연이어 부산, 대구, 대전 대회를 열었다.

하지만 절대 권력이 그 열풍을 내버려 둘 리가 없었다.

이보 전진을 위해서는 일보 양보를 해야 한다.

오랜 정치판에서 잔뼈가 굵은 신민당 이민기 총재로서는 결단을 내려야 했다.

하지만 그 결단이 결코 쉬운 것은 아니었다.

"왜 이러시나. 한 잔 쭈욱 들이켜고 털게."

황영수가 웃으면서 말했다.

하지만 그의 웃음 속에는 강한 경고가 들어 있었다.

이민기 총재도 알고 있다.

지금 황영수의 말을 거역했다가는 어떤 사달이 나는지 똑똑히 말이다.

"총대를 메지요."

이민기의 무거운 입이 마침내 떨어졌다.

"하하하하! 역시 동생이 최고야."

황영수가 호탕하게 웃었다.

이민기 총재는 그 말에 어떤 대꾸도 할 수가 없었다.

다음 날 청와대 영수 회담에서 이민기 총재는 좌익 학생들을 단호하게 다스려야 한다는 발언을 하면서 급진적인 세력과는 단절하겠다는 의사를 밝혔다.

물론 신민당의 이러한 입장 표명에 재개와 운동권 세력이

분개한 것은 물론이었다.

  그리고 5월 3일 신민당 인천 및 경기 지부 결성대회가 인천시민회관에서 열렸다.

  대회 시작도 하기 전에 격렬한 시위를 벌어졌다.

✥ ✥ ✥

  이중대는 추억에 젖은 표정을 지으면서 관악산을 올랐다.

  '이 얼마 만에 하는 방문인가.'

  그간 망명이다 뭐다 해서 이곳에 오지 못했다.

  근 20여 년 만의 방문이었다.

  젊었을 때는 종종 이곳에 와서 옛 추억에 젖곤 했었다.

  그의 친우, 강한신을 떠올리면서.

  그리고 그때 받았던 그 경이로움을 다시 한 번 기대하면서.

  이중대는 절벽, 바위에 다가가서 손을 뻗었다.

  …….

  역시나 아무런 일도 일어나지 않았다.

  '역시 강한신이 없으면 무의미하다는 거겠지.'

  이중대는 이미 알고 있으면서도 허탈한 표정을 지었다.

  그의 얼굴은 지금 초췌해질 대로 초췌해져 있었다.

  도망치고 싶다.

아니, 도망 왔다.

이중대의 얼굴에서 책임지지 않은 책임에 대한 무거운 압박감이 몰려왔다.

부스럭.

수풀을 제치고 누군가 공터 쪽으로 다가오는 기척이 들렸다.

'누구지?'

이중대는 의아한 눈빛으로 소리 나는 쪽을 바라보았다. 한 번도 이곳에서 누군가와 만난 적이 없었기 때문이다.

김춘추, 그는 공터에 서 있는 이중대를 바라보았다.

'왜 저자가 여기에 있지.'

그의 이맛살이 찌푸려졌다.

물론 이중대가 자신을 알아 볼 리는 없었다.

"허허, 나만 알고 있는 줄 알았는데……."

이중대가 무언가에 이끌린 것처럼 김춘추에게 말을 걸었다.

저벅저벅.

김춘추는 이중대 앞으로 걸어왔다.

그리고 싸늘한 눈초리로 그를 바라보면서 입을 열었다.

"왜 이곳에 계시죠?"

"나를 알아보는가?"

이중대가 물었다.

하긴 대한민국에서, 젊은 청년이라면 더욱이 자신을 못 알아볼 리가 없었다.

"신민당의 이중대 민주추진협의회 공동의장이 아니십니까?"

김춘추가 비꼬듯이 말했다.

"그렇지."

이중대가 부끄럽다는 듯이 낮게 대답했다.

"지금 인천에서는 난리 난 것 아십니까?"

김춘추가 냉랭하게 말했다.

"그렇다고 들었네."

이중대가 침울하게 대답했다.

김춘추의 말대로 지금 인천시민회관은 오전부터 시위단과 격렬하게 대치 중이었다.

당 지도부가 대회장에 입장하지 못한 채 대회가 무산되었으며 1만여 명의 시위대가 도로를 장악하고 산발적인 시위를 벌이다가 오후로 넘어가면서 조직적으로 움직이면서 화염병과 돌을 던지며 경찰과 충돌 중이라고 했다.

시위대는 당 지도부에 이중대가 없음을 알고 이중대를 연호하면서 경찰과 처절하게 대치 중이었다.

그런데 이중대는 지금 관악산에 와 있었다.

이 얼마나 부끄러운 일인가.

당 지도부의 결정에… 그조차 어쩌지 못하고 한발 물러

선 것이었다.

부끄럽다.

너무도 자신이 한심했다.

차마 자신을 바라보는 낯선 이 청년의 눈빛을 정면으로 볼 수가 없었다.

"나로서는 어쩔 수가……."

이중대가 자신도 모르게 변명하듯이 말했다.

쉰이 넘는 그가 자신보다 까마득하게 어린, 처음 만난 청년에게 하소연하는 자신의 모습을 깨닫고는 이내 말문을 닫고 고개를 숙였다.

그런 이중대를 김춘추는 말없이 바라보았다.

처음엔 그가 이곳에 서 있는 것을 발견하고 반가움에 달려갈 뻔했다.

하지만 이중대가 아는 강한신은 이 세상에 존재하지 않는다.

엄연히 김춘추는 강한신과 다른 존재였다.

그 생각에 미치자 그는 침착성을 되찾았다.

그리고 지금 인천에서 격렬하게 대치 중인 시위대가 떠올랐다.

연신 뉴스에서 보도를 때리고 있었기 때문이다.

오전부터 오후까지 내내 시위 중인데…….

아무리 보도를 막아도 한계가 있는 법이었다.

'민주화가 필요해.'

김춘추는 절대 권력의 붕괴를 원했다.

그렇지 않고서는 그 자신이 활동하는 데 너무도 불편했다.

그리고 그 붕괴의 선봉장에는 자신의 친우였던 이중대가 서 있었다.

그런데 그 이중대가 지금 당 지도부와 주변인들의 만류에 기가 꺾여 있었다.

'이중대도 힘들겠지.'

김춘추로서는 이중대의 고충과 그가 직면하는 딜레마를 이해 못하는 것은 아니었다.

그도 그랬으니.

"이대로라면 시위대는 무너질 것입니다."

김춘추가 이중대에게 말했다.

그의 목소리는 처음보다 부드러워져 있었다.

"그렇겠지."

"1만 명입니다. 그들이 누구라고 생각하십니까?"

"민주화를 갈구하는 자들."

"당신의 목적은 무엇입니까?"

김춘추가 다시 질문했다.

"이 땅에 민주화를 뿌리내리고 싶네."

이중대가 대답했다.

"그렇다면 답은 정해져 있군요."

김춘추의 얼굴에서 그제야 미소가 피어올랐다.

"쉽게 가지 못할 걸세."

이중대가 상황을 분석했다.

그도 이미 시도해 봤다.

하지만 자신의 집에 나서자마자 수행원들의 제지에 막혀 움직일 수가 없었다.

겨우 관악산을 등산하는 것으로 타협을 보고 이곳으로 온 것이었다.

산을 내려가면 그의 수행원들이 진을 치고 있을 게 뻔했다.

그나마 자신을 따라 이곳까지 오지 않은 것만 해도 다행이었다.

"그곳에 가시겠습니까?"

김춘추는 다시 한 번 이중대의 의지를 물었다.

아무리 그 자신이 절대 권력의 존재를 불편하다 여긴다 해도 친우를 이용할 마음은 전혀 없었기 때문이다.

물론 이중대가 김춘추의 속내를 알 수 없는 것은 당연했다.

그저 처음 만난 낯선 청년…

그런데 묘하게 어딘가 익숙한 그리움이 존재했다.

이중대는 김춘추의 말에 고개를 끄덕였다.

그 자신도 모르게 말이다.

이미 이 상황에 대해서 몇날 며칠을 고민했다.

그런데 처음 본 청년의 말에 그 모든 고민이 한낱 허무하게 느껴졌다.

자신이 있어야 할 자리.

그 자리에 가 있는 것이 너무도 당연한 게 아닌가.

"제가 모시겠습니다."

김춘추는 그렇게 말하고는 성큼성큼 앞서서 걷기 시작했다.

이중대는 멍하니 청년의 등을 쳐다보다가 황급히 뒤를 쫓았다.


인천시민회관을 중심으로 거리는 온통 시위대와 경찰들로 가득 차 있었다.

시위대들은 연신 화염병을 던지면서 외쳤다.

"이중대!"

"이중대!"

"자유!"

"자유!"

그들은 이중대를 연신 연호하고는 자유를 외쳤다.

그런 시위대에 가담되어 있는 사람들에게 경찰은 무차별적으로 몽둥이를 휘두르면서 폭력을 행사했다.

여자라고 예외는 아니었다.

"아아악, 사람 살려요!"

한 여대생이 비명을 질렀다.

"개년, 지랄 떤다."

서너 명의 경찰들이 여대생을 둘러싸고는 폭언과 몽둥이찜을 휘둘렀다.

여대생의 고통 어린 비명은 계속해서 이어졌다.

그녀뿐만이 아니었다.

으아아으악!

갸아아악!

으악!

여기저기 청년들이 비명을 질렀다.

경찰들은 그럴수록 더욱 무자비하게 몽둥이를 휘둘렀다.

그때.

시위대와 경찰의 아수라장 속에서 두 사내가 등장했다.

김춘추와 이중대.

"제가 도와 드릴 수 있는 것은 여기까지입니다."

김춘추가 낮게 속삭였다.

"고마웠네."

이중대가 고개를 끄덕였다.

수행원들의 눈을 피해서 인천까지, 처음 만난 청년이 함께 동행해 주었다.

그것도 청년의 자동차로.

청년의 정체가 궁금하지 않은 것은 아니지만 상황이 상황인지라… 이중대는 이 특별한 만남을 뒤로하고 시위대와 경찰들이 붙어 있는 아수라장 속으로 들어갔다.

그리고 김춘추는 조용히 자신의 모습을 감추었다.

그렇다고 해서 그가 이곳을 벗어난 것은 아니었다.

'친우, 해낼 수 있네.'

그는 이중대를 그리운 눈빛으로 바라보았다.

이중대가 아수라장 속에서 조용히 걸어갔다.

시위대 누군가가 이중대를 발견했다.

"이중대가 왔다!"

그의 함성은 시위대 전체에 퍼져 갔다.

사정없이 몽둥이질을 하던 경찰들도 이중대만은 건드릴 수가 없었다.

그가 걸어가는 길이 홍해의 기적처럼 경찰들이 뒤로 물러섰다.

이중대!

이중대!

시위대들이 환호성을 질렀다.

그들의 눈에는 뜨거운 눈물이 흐르고 있었다.

그렇게 이중대는 인천시민회관 앞에 도착했다.

⊕  ⊕  ⊕

꽈아앙!

전세환이 책상 위에 주먹을 내리쳤다.

"이중대 개새끼! 니들은 그 녀석 하나 해결 못하고 뭐하고 있었냐!"

그가 소리를 버럭 질렀다.

비서실장인 황영수를 비록해서 경호실장 최철환도 고개를 숙였다.

"그 녀석 당장 잡아와!"

전세환이 분노에 떨면서 말했다.

"각하, 지금 시기가 좋지 않습니다."

황영수가 어쩔 수 없다는 표정을 지었다.

이런 사태가 일어날까 봐 사전에 신민당의 이민기 총재를 위협해 놓았다.

그런데 기어코 일이 벌어졌다.

이민기조차 이중대 하나를 어찌지 못했다.

퍽!

전세환의 주먹이 황영수의 얼굴을 가격했다.

비틀.

황영수는 주저앉을 듯이 비틀거렸지만 이내 중심을 잡고 그 자리에서 버텼다.

"개 십팔 놈 새끼야, 너는 이따위로 일을 망치고도 그 주둥아리를 놀려!"

전세환은 소리를 지름과 동시에 재차 사정없이 주먹을 날렸다.

퍽! 퍽!

황영수의 코에서 코피가 주르륵 흘러내렸다.

경호실장 최철환은 차마 그 광경을 보지 못하고 고개를 떨구었다.

곧이어 자신에게도 저 주먹세례가 날아오리라.

"다시 말해. 뭐? 시기가 안 좋아?"

그렇게 황영수를 두드리고도 분이 풀리지 않는지 전세환이 씩씩거리면서 말했다.

"각하……."

황영수가 무릎을 꿇었다.

그리고 현재 처한 상황을 조곤조곤, 그 와중에도 보고하기 시작했다.

"지금 이중대를 체포했다가는 여론의 뭇매는 물론이고 미국까지 움직이게 됩니다. 더구나 일본이 이 기회를 놓칠 리가 없습니다. 그들은 지금 우리나라에게 88올림픽을 뺏겼다고 생각하고 있습니다. 그러니 각하께서 이중대를 구속하는 순간 그들이 움직일 것은 너무도 자명합니다. 전 세계를 상대로 여론몰이에 들어가겠죠. 그렇게 되면 미국도 일본 편을 들어 줄 것입니다. 각하께서도 아시지만 전통적으로 미국은 한국보다는 일본을 우선시하는 정책을 펼치고 있습니다. 만약 이렇게 해서 미국이 움직이게 되면······."

황영수는 그 뒤의 말을 아꼈다.

말하지 않아도 뻔하다.

전세환이 모를 리가 없었다.

황영수도 괜히 매 한 대 더 맞을 생각은 전혀 없었다.

"······."

전세환이 황영수의 말에 고민에 휩싸였다.

정확한 분석이다.

88올림픽을 2년 남긴 이때, 일본 나고야는 아직도 올림픽이 대한민국에서 취소될 것을 기다리면서 체육관을 짓고 있다고 했다.

'야비한 놈들.'

전세환은 주먹을 부르르 떨었다.

그리고 이중대를 떠올렸다.

그는 정말이지 목 안에 박힌 가시였다.

전세환의 마음 같아서야 진작 그를 없앴을지도 모른다.

하지만 선대 대통령 때의 전례도 있고…

미국과 일본이 이중대를 비호하고 있으니 쉽게 제거할 수가 없었다.

끝까지 자신을 괴롭히는 가시덩어리.

"가택 연금 시켜."

전세환이 황영수를 노려보고는 말했다.

그로서는 마음에 들지 않는 결정이었다.

하지만 가택 연금이 이 상황에서 최선이었다.

"나가들 봐. 김춘추 들어오라고 하고."

전세환이 황영수와 최철환을 노려보면서 말했다.

두 사람은 거수경례를 하고는 서둘러 대통령 집무실을 빠져 나갔다.

이윽고, 김춘추가 들어왔다.

그러자 전세환의 표정이 순간 환하게 밝아졌다.

"이게 누군가? 다운스트림 코리아. 하하하하!"

"불러 주셔서 영광입니다."

김춘추가 정중하게 인사를 하면서 말했다.

"불러야지. 내가 누구를 부르겠어."

전세환은 김춘추의 등을 연신 두드리면서 말했다.

"자, 앉지."

전세환의 말에 김춘추가 접견실에 마련된 소파에 앉았다.

"그래, 두바이는 어떻게 돼 가는가?"

"계속 그 일대를 탐사 중입니다."

김춘추는 가지고 온 보고 자료를 전세환에게 내밀면서 말했다.

"하하하! 열심히 하라고. 나이지리아에서의 신화가 이곳에서 벌어지지 말라는 법이 없지."

전세환은 기분 좋게 말했다.

김춘추 일행이 나이지리아에서 로열쉘을 멋지게 물 먹이고 탐사를 이끌어 낸 유전에 관해서는 그도 이미 정보를 입수하고 있었다.

그렇기 때문에 사우디 왕자의 입김이 작용하고 있는 다운스트림이 아니라 다운스트림 코리아를 한국 내 독자적인 법인으로 세우는 것에 적극적으로 협조를 했다.

그리고 그 자신이 50퍼센트에 해당하는 지분을 갖고 있지 않은가.

이제 김춘추가 두바이에서 나이지리아에서 보여 준 기적을 다시 한 번 보여 주면 그만이었다.

"저어… 각하."

김춘추가 망설이듯이 말했다.

"말해 봐, 내 무엇이든지 들어주지."

"매년 그곳의 탐사 비용이 백만 불입니다."

"그거야 알지. 이미 협의된 사항이 아닌가?"

"너무 큰 액수가 아닌지 솔직히 걱정됩니다."

그렇게 말하는 김춘추의 얼굴에는 근심의 빛이 서려 있었다.

"하하하! 역시 나이는 못 속이겠군. 자네가 아무리 천재라고 해도 이런 일을 진행할 때는 한계가 있군."

전세환이 호탕하게 웃으면서 말했다.

김춘추의 어깨가 작아지면 작아질수록 전세환은 자신의 힘이 얼마나 큰지 보여 주면 된다.

"기업은행에 연락해. 돈은 계속 갖다 줄 거야."

"시간이 얼마나 걸릴지 모릅니다."

김춘추의 얼굴에는 더욱 근심이 드리워졌다.

"까짓 거 얼마 걸려도 상관없어. 로열쉘이 못한 일을 자네가 하지 않았는가."

"그, 그거야 운이……."

김춘추의 말은 곧 전세환의 말에 가로막혔다.

"그래, 운이라고 치자. 한 번 피어난 운이 계속해서 피지 말라는 법이 없지. 자네라면 틀림없이 기적을 이뤄 낼 걸세."

"로열쉘에서 20년을 탐사한 곳입니다."

"그래도 가능성은 봤잖은가."

전세환이 김춘추를 다독이면서 말했다.

처음 호기롭게 시작할 때와는 달리 김춘추가 몹시 소극적이 되었기 때문이다.

'역시 애는 애야.'

전세환은 그렇게 여겼다.

아무래도 김춘추의 기운을 다독여야 할 것 같았다.

"으흠……!"

전세환이 일부러 헛기침을 크게 했다.

그리고 말했다.

"아까도 말했지만 시간은 얼마나 걸려도 좋네. 1년, 2년… 아니 10년이 걸려도 좋아. 그때까지 내 지원을 아끼지 않겠네. 돈은 은행에서 마음껏 빌려 가게. 내 전부 그 돈을 책임지지."

"아……."

김춘추는 전세환의 말에 감격한 표정을 지었다.

"그러니 자네는 두바이 유전 탐사에 박차를 가하게. 물론 자네 사업도 하고. 지금처럼 중동 지역의 실세들과 친분도 맺고. 내 그러면 자네 사업체들에게 힘 좀 써 주지."

전세환이 자신의 힘을 과시하듯이 말했다.

"최선을 다하겠습니다."

"그래그래, 그러니 용기 갖고. 돈 걱정 따위는 하지 말고 당당하게 일하세."

전세환은 주눅이 들었던 김춘추의 얼굴에서 화색이 돌자 기분이 좋은지 더욱 크게 떠들었다.

'이걸로 밑밥은 뿌린 건가?'

김춘추는 속으로 중얼거렸다.

✢ ✢ ✢

중국, 베이징 자금성.

그곳에 도착하면 중공 공산당 지도자 마오쩌둥의 초상화가 걸려 있는 천안문 성벽이 길고 높게 솟아 있다.

그 거대한 문을 지나 조금 이동하면 500년 넘게 절대 권력의 중심지였던 거대한 궁궐이 눈에 들어온다.

바로 중국 황제들이 살았던 궁궐, 자금성이다.

자금성 그 자체는 도시 속에 지어진 하나의 도시라고 할 수가 있다.

면적만 보면 마을 정도의 규모지만 동서남북으로 설치된 폭 50미터의 해자(성 주위에 둘러 싼 못)와 10미터 높이의 성벽을 보면 그야말로 완벽한 하나의 도시라고 할 수가 있었다.

그런 자금성이 지금에 와서는 거대한 건축 박물관으로서, 중국을 대표하는 역사박물관으로서 역할을 하고 있었다.

물론 관광객이나 방문객들이라고 해도 자금성 내부 전체를 마음대로 돌아다닐 수 있는 것은 아니었다.

공산당원들의 인도에 따라 제한적으로 공개된 곳만 구경할 수가 있었다.

자금성의 지하.

공산당원들조차, 아니 당 간부들조차 들어가지 못하는 금지구역.

오로지 출입증을 가진 일부 사람들만이 그곳을 출입할

수가 있었다.

아무도 그들의 신분에 대해서는 몰랐다.

오직 당 최고 지도자에게서 내려오는 명령이었기 때문이다.

그렇다. 이곳은 연의 본부였다.

이후석이 극비리에 이곳을 방문했다.

그는 안내자의 인도에 따라 움직였다.

"잠시 기다리시죠."

안내자는 그렇게 말하고는 높이 4미터가 넘는 거대한 문 안으로 사라졌다.

이후석은 초조하게 그 밖에서 서성거렸다.

'제길, 불러 놓고도 기다리라고?'

불만이 없는 것은 아니었다.

하지만 한때 정치 생명, 아니 목숨마저 위험했던 시기에 자신을 구제해 준 연이기에 자신의 감정을 드러낼 수는 없었다.

"들어오십시오."

다시 문이 열리고 안내자가 나왔다.

이후석은 긴장의 끈을 놓지 않고 육중한 문을 넘어 안으로 들어섰다.

제일 먼저 그의 눈에 들어온 것은 어두운 사방.

여기저기 은은하게 등잔이 놓여 있었지만 불은 켜져 있

지 않았다.

의도적이었다.

"계속 걸으시죠."

안내자의 말이 뒤에서 들려왔다.

저벅저벅.

이후석은 용기 내어 칠흑 속을 걸어갔다.

얼마나 걸었을까.

'무슨 방이 이렇게 넓어?'

그는 속으로 적지 않게 놀랐다.

그의 걸음으로 100여 미터는 넘게 온 것 같다.

도대체 뭐하는 곳이기에 이토록 넓은 걸까.

단순히 접견실로만 생각했던 그의 어리석음을 깨달았다.

"무릎 꿇으시죠."

안내자의 말이 들려왔다.

이후석으로서는 그 말이 반가울 지경이었다.

털썩.

그가 무릎을 꿇자, 안내자가 돌아가는 소리가 들려왔다.

이 어둠 속에서 그 자신만 남기고 말이다.

이후석은 순간 공포감이 치밀어 올랐다.

두렵다.

산전수전 다 겪은 그이건만 이런 공포감은 견딜 수가 없었다.

「왔구나…….」

기괴한 소리가 들려왔다.

이후석은 움찔했다.

목소리 그 자체에서 느껴지는 이토록 강렬한 공포감이라니.

그는 자신도 모르게 바닥에 납작 엎드렸다.

"사, 살려 주십시오."

「이미 한 번 살려 주지 않았던가.」

"더욱 충성하겠습니다."

이후석이 쩔쩔맸다.

「가져왔는가?」

"여, 여기 있습니다."

이후석이 품 안에서 무언가를 꺼내었다.

그리고 그것을 자신의 머리맡 앞에 내밀었다.

그것은 9개의 수정구였다.

「하나는 잃어버렸다지.」

"사고가 있었습니다."

이후석이 변명하듯이 말했다.

물론 이 사고에 대한 보고는 이미 오래전에 했다.

아니, 그가 보고하지 않아도 이곳에서 파견한 닌자 두 놈이 했겠지.

그럼에도 기괴한 소리는 자신을 추궁하고 있었다.

화르르륵.

갑자기 그의 머리맡에서 초록색 불꽃이 강렬하게 일었다.

이후석은 순간 너무도 놀라서 입을 벌렸다.

9개의 수정구를 에워싸고 초록색 불꽃이 일어나고 있었다.

「으으으음…….」

기괴한 소리가 연신 신음 소리를 토해 내고 있었다.

'이게 뭐 하는 거지?'

이후석으로서는 이 광경을 딱히 뭐라고 이해할 수가 없었다.

하지만 그는 자신의 본분을 잘 알고 있었다.

여전히 바닥에 납작 엎드린 채로…

자신의 머리맡에서 일어나는 불꽃이 점점 커지는 것을 슬쩍 바라볼 뿐이었다.

초록색 불꽃의 기세는 이후석의 머리카락마저 전부 태울 기세였다.

하지만 그것도 잠시…….

사르륵.

불꽃이 줄어들고 있었다.

순간 좋지 않은 예감이 이후석의 머리를 스쳐 지나갔다.

「선택의 여지가 없구나.」

기괴한 소리가 그때 들려왔다.

'무슨 뜻이지?'

이후석은 자신도 모르게 몸서리쳤다.

지금 기괴한 소리가 뜻하는 바는 모르겠다.

하지만 하나는 안다.

자신이 위험하다.

"안 돼!"

이후석이 자리에서 벌떡 일어섰다.

「어리석은 놈.」

"당신이 시키는 대로 다 했단 말이야!"

이후석이 악에 받치는 대로 발광을 했다.

하지만 그의 발광도 채 오래가지 않았다.

무언가의 압력에 이끌려 그의 사지가 허물어지듯이 바닥으로 쓰러졌다.

그에 희미하게 남아 있던 초록색 불꽃이 기다렸다는 듯이 이후석의 머리, 정수리 안으로 슬며시 들어갔다.

그러자 놀라울 광경이 펼쳐졌다.

번쩍.

바닥에 쓰러졌던 이후석이 눈을 떴다.

그의 안광이 초록색으로 물들어져 있었다.

스윽.

이후석이 자리에서 일어났다.

그러고는 자신의 몸을 여기저기 살피고는 거대한 웃음소

리를 방출했다.

"으하하하하하! 으하하하하하!"

　　　　　　　　　　　　　　　　4권에 계속

www.mayabook.co.kr

www.mayabook.co.kr